# Tentation grecque

MICHELLE DOUGLAS

# Tentation grecque

*Traduction française de*
ISABELLE DONNADIEU

AZUR

HARLEQUIN

*Collection :* Azur

*Titre original :*
MISS PRIM'S GREEK ISLAND FLING



**HARPERCOLLINS FRANCE**
83-85, boulevard Vincent-Auriol, 75646 PARIS CEDEX 13
Service Lectrices — Tél. : 01 45 82 47 47 - www.harlequin.fr
ISBN 978-2-2804-5288-5 — ISSN 0993-4448

Composé et édité par HarperCollins France. Achevé d'imprimer en juin 2021.
par CPI Black Print - Barcelone - Espagne
Dépôt légal : juillet 2021.

MIXTE
Papier issu de sources responsables
FSC® C159065

Pour limiter l'empreinte environnementale de ses livres, HarperCollins France s'engage à n'utiliser que du papier fabriqué à partir de bois provenant de forêts gérées durablement et de manière responsable.

# 1.

Un bruit de verre brisé réveilla Audra qui se redressa d'un bond, en nage et le cœur battant. Elle tendit l'oreille et perçut un autre bruit, plus sourd, comme si quelque chose de lourd venait de tomber. Puis elle entendit une voix, grave, et le bruit d'une porte de placard. Que se passait-il ? Elle avait pourtant verrouillé la maison, avant de se coucher. Depuis son arrivée, deux jours plus tôt, elle était très vigilante. Elle se trouvait en effet seule, en ce moment, dans la villa grecque de Rupert.

Tout doucement, elle se glissa hors du lit, attrapa son téléphone et sortit. Depuis le palier, elle vit une ombre se déplacer dans le salon, puis perçut le son de bouteilles qui s'entrechoquaient. Des voleurs étaient-ils en train de faire main basse sur le whisky single malt que son frère appréciait tant ?

Une voix rauque murmura quelque chose en français. Elle entendit ensuite parler en grec. Ainsi, ils étaient deux… Que se passerait-il si ces intrus découvraient qu'elle était seule ? Stop ! Elle ne voulait même pas y penser. Tentant d'avaler la boule d'angoisse qui grossissait dans sa gorge, elle se dirigea vers la pièce la plus éloignée des escaliers, la chambre principale, et referma le plus silencieusement possible la porte derrière elle.

À la lumière du clair de lune, elle se rendit vers le dressing et s'y enferma, se forçant à respirer avec calme malgré la panique qui pesait de plus en plus lourd sur sa poitrine. Puis, sans attendre, elle composa le numéro d'urgence.

— Aidez-moi, s'il vous plaît, chuchota-t-elle en grec. Des intrus viennent de s'introduire chez moi.

Elle donna son nom, son adresse et l'opératrice lui promit que les secours seraient là dans quelques minutes.

— Je me cache dans le dressing de la chambre principale.

Comme elle prononçait ces mots, la réalité la frappa de plein fouet. Elle était enfermée dans un placard, encore une fois, et peu importait si, cette fois-ci, c'était elle qui s'était enfermée toute seule. Il lui suffisait de repenser à l'obscurité étouffante, à la façon dont son corps s'était raidi après des heures passées, confinée, dans le petit réduit de son appartement, pour que la panique la gagne, car non seulement Thomas l'avait enfermée, ce jour-là, mais il était parti ! Terrifiée, elle avait tenté d'appeler à l'aide puis, désespérée, elle s'était contentée d'économiser ses forces, priant pour qu'on vienne la délivrer avant qu'il ne soit trop tard.

Elle revint au présent et se redressa.

— Je ne peux pas rester ici ! chuchota-t-elle.

— La police ne devrait pas tarder, lui promit l'opératrice.

Elle ferma les yeux pour tenter de se calmer. Elle n'était pas dans le minuscule placard de son entrée, mais dans un dressing spacieux, et la situation était bien différente. Bien sûr, elle n'allait pas descendre et faire face, seule, aux deux bandits en train de saccager la maison de son frère, mais elle n'allait pas non plus rester ici, à trembler dans son coin.

Elle serra les poings et se força à réfléchir. Si elle était une cambrioleuse, que volerait-elle ? Des bijoux. Et où les trouverait-elle ? Sans doute dans la chambre principale. Ce qui voulait dire qu'elle devait se trouver une meilleure cachette. Elle avait également besoin d'une arme. Juste au cas où. Elle ne se faisait pas d'illusion sur ses chances face à deux hommes costauds, mais elle voulait au moins pouvoir se défendre, s'ils l'attaquaient.

Pour la première fois depuis son arrivée sur cette île idyllique, elle maudit l'isolement de la villa de Rupert.

En quelques jours seulement, la vue magnifique sur la mer, l'odeur des fleurs et le chant des oiseaux avaient commencé à apaiser son âme blessée. Ici, personne ne la harcelait pour une interview, aucune caméra ne l'attendait sur le pas de sa porte. Ici, elle était seule et elle adorait cette intimité.

Du moins jusqu'à cette nuit…

Armée d'un bâton trouvé dans le dressing, elle entrouvrit la porte et écouta ce qui se passait en bas avant de courir se réfugier sur le balcon. À moins d'être dans le jardin et de lever les yeux, personne ne pouvait la voir, ici. En plus, les voleurs n'avaient aucune raison de sortir sur la terrasse, où il n'y avait rien à voler.

Quelques secondes plus tard, elle aperçut les gyrophares de la voiture de police et son angoisse diminua un peu.

Quatre hommes armés sortirent du véhicule et se hâtèrent vers la porte. Quelques secondes plus tard, elle entendit des voix, au rez-de-chaussée, et reprit son téléphone.

— Puis-je sortir ? demanda-t-elle à l'opératrice.

— Un des hommes a été appréhendé. Les officiers sont à la recherche du second mais le suspect affirme qu'il est seul.

Elle avait pourtant entendu parler en français et en grec, elle en était sûre et certaine.

— Il affirme être un ami de votre frère.

— Un ami ? Je peux vous assurer que mon frère n'a aucun ami qui s'introduit par effraction dans sa maison.

— Il dit s'appeler Finn Sullivan.

Ah… Effectivement, si son frère connaissait une seule personne capable de s'introduire par effraction dans une maison, c'était bien Finn Sullivan !

Finn laissa échapper un juron en français, puis un autre en grec lorsqu'il cogna le verre contre le plan de travail, le brisant en mille morceaux. Il aurait dû allumer la lumière, il le savait, mais il connaissait si bien la maison de Rupert qu'il avait préféré rester dans le noir et éviter ainsi que son mal de tête ne se transforme en migraine.

Dans un soupir, il posa son sac à dos par terre et alluma la lumière avant d'attraper la pelle et la balayette pour réparer ses bêtises. Bon sang ! Non seulement le dernier invité de Rupert n'avait pas rangé le verre, mais il n'avait pas non plus sorti les poubelles !

Il se servit enfin un doigt de l'excellent whisky de Rupert avant de se laisser tomber dans un fauteuil du salon, plus essoufflé qu'il ne voulait l'admettre. Son bras avait été déplâtré hier mais il lui faisait toujours souffrir le martyre, tout comme la totalité de son flanc gauche. Le médecin lui avait ordonné de se ménager mais cela faisait déjà huit semaines qu'il se reposait et il commençait à tourner en rond, à Nice.

Rupert lui avait confié une clé de cette maison quelques années plus tôt, lui affirmant qu'il pouvait considérer cette demeure comme la sienne. Il l'appellerait demain pour lui faire savoir qu'il avait décidé de poursuivre sa convalescence ici.

Il jeta un coup d'œil à l'horloge, sur le mur. 2 h 37 du matin. Il était trop tard, ou trop tôt, pour l'appeler.

Des lumières clignotantes le firent soudain sursauter et il rouvrit les yeux. Ces lumières n'étaient pas dues à sa migraine. Des policiers étaient plantés devant lui, leur arme pointée dans sa direction.

Était-il en train de rêver ? Il cligna des yeux, mais les hommes ne disparurent pas.

Un peu inquiet, il leva alors les mains en l'air.

— Mon nom est Finn Sullivan, expliqua-t-il en grec avant de se lever. Je suis un ami de Rupert Russel, le propriétaire de cette villa.

— Où est votre complice ?

— Mon complice ? Quel complice ?

Pour toute réponse, le policier le plaqua au sol, réveillant en lui une douleur aussi vive que si des aiguilles chauffées au fer rouge venaient d'être enfoncées dans sa chair. Il serra les dents pour réprimer le gémissement de douleur qui lui brûlait la gorge et hocha la tête en direction de son sac, quand l'homme le releva après lui avoir passé les menottes.

— Ma carte d'identité est à l'intérieur.

Ses paroles semblèrent n'avoir aucun effet. L'un des officiers parlait au téléphone. Les deux autres regardaient vers le haut de l'escalier. Attendaient-ils quelqu'un ?

— Audra ! s'exclama-t-il, en apercevant soudain la jeune femme.

Celle-ci s'arrêta net.

— Finn ? Mais… Que fais-tu ici ?

Le verre, la poubelle… Il commençait à comprendre.

— Tu as appelé la police ?

— Bien sûr que j'ai appelé la police !

— Comment as-tu pu avoir une idée aussi stupide ?

— Stupide ? Et comment appelles-tu le fait d'entrer par effraction dans la villa de mon frère à 2 heures du matin ?

— Je ne suis pas entré par effraction. J'ai la clé.

Il baissa les yeux et vit soudain qu'elle tenait un bâton. À l'évidence, il lui avait fait peur. Ce qui n'était pas étonnant, après tout ce qu'elle avait traversé ces derniers mois.

— Je suis désolé, Minus, murmura-t-il, utilisant ce surnom qu'il affectionnait depuis toujours. Si j'avais su que tu étais là, je t'aurais annoncé ma venue. En attendant, peux-tu demander à ces gars de me libérer ?

— Où est votre complice ? lui demanda à nouveau le policier.

— Je suis venu seul.

— Mais j'ai entendu deux voix, une qui parlait français et une autre en grec.

— Tu as entendu deux langues, mais une seule voix.

Audra ne répondit pas, mais il vit sa main se détendre un

peu sur le bâton. Sans perdre de temps, elle expliqua aux policiers, dans un grec parfait, combien elle était désolée d'avoir donné une fausse alerte.

Enfin libéré, il se frotta discrètement les poignets plutôt que son épaule pourtant plus douloureuse. Hors de question que qui que ce soit sache à quel point ses blessures le faisaient souffrir ! Jamais de la vie il n'agirait devant Audra autrement que comme un homme en pleine possession de ses moyens. Il refusait qu'Audra, ou qui que ce soit d'autre, d'ailleurs, le regarde avec pitié.

Elle referma la porte derrière les policiers avant de se planter devant lui, les mains sur les hanches.

— Tu veux encore me crier dessus ?

Se disputer, c'était ce qu'Audra et lui faisaient, d'habitude. Ils communiquaient ainsi depuis qu'il avait fait sa connaissance, alors qu'elle n'était une préadolescente dégingandée. Malheureusement, ce n'était pas drôle de se disputer avec quelqu'un d'aussi fatigué qu'elle.

Il recula pour la regarder un peu mieux et son inquiétude augmenta encore d'un cran. Elle était pâle et ses yeux étaient cernés. Jamais il ne l'avait vue aussi vulnérable, aussi fragile.

— Ce salaud t'a vraiment fait un sale coup.

— Pas autant que ce que la montagne t'a fait subir.

Elle laissa son regard descendre vers son épaule. Il ne s'en était pas rendu compte mais il était en train de la masser.

— Ce n'est qu'un problème temporaire, répondit-il comme si de rien n'était.

— Idem pour moi.

Son regard se mit à vagabonder et il s'aperçut soudain qu'elle ne portait qu'un minuscule short de pyjama et un débardeur moulant.

Sous le choc, sous le charme, il sentit aussitôt sa gorge s'assécher.

S'il y avait un genre de femmes qui douchait ses fantasmes, c'était la bibliothécaire coincée, le chemisier boutonné jusqu'au cou, et d'ordinaire Audra l'incarnait parfaitement. Sauf ce soir. Ce soir, elle en était très loin, avec sa petite tenue et ses cheveux ébouriffés.

Ses sens commencèrent à se réveiller, mais il tenta de les faire taire. Audra était la sœur de son meilleur ami et il ne séduisait jamais les sœurs de ses amis.

— La police t'a fait mal ?

— Absolument pas.

Hors de question d'admettre la moindre faiblesse.

— J'ai pourtant l'impression que tu souffres.

— Je n'ai été déplâtré qu'hier.

— Et au lieu de te reposer, comme tes médecins te l'ont sans doute suggéré, tu as sauté dans le premier avion pour Athènes, pris le dernier ferry pour Kyanós, mangé un morceau au village et parcouru à pied les huit kilomètres jusqu'à la villa.

— Comment as-tu deviné ?

Cette marche à l'air frais lui avait fait du bien. Du moins pendant les deux premiers kilomètres.

— Et tout cela, avec un sac sur le dos.

Huit semaines plus tôt, il aurait pu porter le double de ce poids, sur dix kilomètres, sans même transpirer une seule goutte.

Elle attrapa son verre de scotch à moitié vide et se dirigea vers la cuisine. Là, elle se mit sur la pointe des pieds pour ouvrir un placard, dévoilant une nouvelle bande de peau nue, attrapa une boîte d'aspirine et la lui lança. Elle vida ensuite son verre d'un trait, et il sentit sa température grimper en flèche. Jamais il n'avait vu spectacle plus érotique, plus envoûtant.

Elle remplit le verre d'eau et le lui tendit.

— Tiens, prends deux comprimés.

Il obéit. Il avait mal partout et pas le courage de fouiller son sac à dos pour trouver les antidouleurs que lui avait prescrits son médecin.

— Quelle chambre utilises-tu, d'habitude ?

— Celle en haut de l'escalier.

— Pas de chance, c'est celle que j'ai choisie.

— Mais cette chambre a la meilleure vue ! rétorqua-t-il, feignant l'indignation.

C'était un mensonge. Toutes les chambres à l'étage offraient une spectaculaire vue sur la mer.

— Je sais.

Il sourit. Voilà une qualité qu'il avait toujours appréciée chez Audra. Elle jouait avec lui, mais toujours en parfaite camaraderie.

— Alors, quelle chambre choisis-tu ?

En attendant qu'il se décide, elle s'approcha de son sac à dos, tenta de le soulever d'une main avant de se rendre compte qu'elle avait besoin des deux.

Le sac à dos n'était pas vraiment léger, mais il n'était pas lourd non plus. Audra n'avait jamais été une mauviette, alors le fait qu'elle ait besoin de ses deux mains prouvait qu'elle n'était pas en pleine forme.

— La Terre à Finn !

Sa remarque le força à revenir au présent.

— Je vais prendre la chambre du rez-de-chaussée.

Il allait s'installer le plus loin possible d'Audra.

Il jeta un coup d'œil à son débardeur moulant et hocha la tête. Oui, c'était certainement plus raisonnable. Surtout quand son regard couleur azur se faisait plus doux.

— Bon sang, Finn, tu as toujours mal à ce point ?

Elle croyait qu'il avait choisi cette chambre pour s'épargner les escaliers ?

— Je…

Il s'interrompit pour reprendre son souffle.

Oui, il était fatigué, et, oui il avait mal partout, mais pitié, qu'elle arrête de le regarder comme s'il était infirme !

— Ce n'est rien qu'une bonne nuit de sommeil ne puisse réparer.

Sans un mot de plus, elle se dirigea vers la chambre et posa son sac sur le bureau, sans doute pour qu'il n'ait pas à le soulever lui-même plus tard.

Sa prévenance le toucha. Audra pouvait être mordante, provocatrice, mais elle avait un cœur en or.

Raison de plus pour tordre le cou à ce salaud de Thomas Farquard, si jamais il le rencontrait.

— Tu as besoin d'autre chose ?

Il se laissa tomber sur une chaise et lui adressa un sourire aussi assuré que possible, pour tenter de masquer sa douleur, tandis qu'il retirait ses chaussures de randonnée.

Il leva ensuite un pied dans sa direction et esquissa un clin d'œil.

— J'aurais besoin d'aide pour enlever mes chaussettes. Et peut-être mon jean.

Comme prévu, elle le fusilla du regard.

À cet instant précis, son téléphone se mit à sonner, l'empêchant de continuer à la provoquer. Dommage. Il jeta un coup d'œil sur l'écran avant de décrocher.

— Rupert, mon pote. Désolé pour…

Audra l'interrompit net en lui arrachant le téléphone des mains.

— Rupert, Finn ressemble à un mort-vivant. Il a besoin de se reposer. Il t'appellera quand il aura repris des forces !

Elle raccrocha avant de lui rendre son téléphone.

— Bonne nuit, Finn.

Elle était déjà dans la cuisine quand il lui souhaita à son tour une bonne nuit. Une fois certain qu'elle avait regagné l'étage, il ferma sa porte et rappela Rupert.

— Avant de me traiter d'idiot, laisse-moi m'excuser. Je n'aurais jamais effrayé Audra si j'avais su qu'elle était ici.

— Que fais-tu à Kyanós ? Je te croyais à Nice.

— Mon plâtre a été enlevé hier.

— Et tu ne pouvais pas te reposer sur la Côte d'Azur ?

Il passa une main lasse sur son visage.

— Si, mais… J'essaie d'éviter une femme et…

— N'en dis pas plus, je comprends.

Non, Rupert ne comprenait pas. Il ne fuyait pas une conquête dont il se serait lassé. Pas cette fois.

— Si tu préfères que je quitte la maison, je partirai à l'aube.

Le silence à l'autre bout du fil lui serra le cœur. Rupert hésitait ? Son ami était la seule personne qui avait cru en lui, lorsque tout le monde le rejetait, alors si aujourd'hui, il le repoussait…

— Bien sûr, que je ne veux pas que tu partes.

Soulagé, il ferma les yeux.

— Mais…

— Mais ?

— Ne laisse pas Audra s'amouracher de toi, s'il te plaît. Elle est fragile en ce moment.

— Eh bien, je vois que tu me fais confiance !

— Audra est ton type de femmes, je le sais.

— C'est vrai, mais c'est ta sœur.

Dans ces circonstances, mieux valait peut-être qu'il parte dès demain. Hors de question que Rupert s'inquiète pour sa sœur, c'était tout à fait inutile. Il avait besoin de faire profil bas pendant quelques semaines et Kyanós lui avait semblé être le refuge idéal, mais pas au détriment de la tranquillité d'esprit de Rupert ou d'Audra.

— Pour être honnête, je suis content que tu sois là-bas. La savoir seule m'inquiète et malheureusement, je ne pourrai pas la rejoindre avant plusieurs semaines.

— Tu veux que je garde un œil sur elle ?

— Elle a besoin de s'amuser un peu, de se détendre.

— C'est bien d'Audra dont tu parles ?

Il était étonné. Audra était la femme la plus coincée qu'il connût.

— Tu sais t'amuser, continua Rupert.

Il esquissa un sourire. Son ami n'avait pas tort. D'ailleurs, il avait passé sa vie à ça.

— Si je comprends bien, tu veux que je m'assure qu'elle passe les meilleures des vacances de sa vie ?

— Oui, mais des vacances sans flirt. Les femmes t'apprécient, Finn, elles tombent facilement amoureuses de toi et…

— Je pourrais te répondre la même chose. Mais rassure-toi, tu t'inquiètes pour rien.

Audra avait toujours désapprouvé son style de vie, qu'elle considérait comme irresponsable. D'ailleurs, ce qui s'était passé huit semaines plus tôt lui donnait raison.

Et si la prochaine fois, il n'en réchappait pas ? À cette idée, il se mit à frissonner. Son corps se remettait, mais son esprit… Certains jours, les questions se bousculaient en lui et il mettait en doute tous les choix qu'il avait faits jusqu'à présent. Après avoir frôlé la mort, ce n'était pas étonnant et, évidemment, dans de tels moments, il devait garder ses distances avec tout le monde. En particulier avec la petite sœur de son meilleur ami.

— Si elle avait réfléchi, elle ne serait pas tombée amoureuse de Farquard.

À la simple mention de ce nom, la colère le gagna et il serra les poings.

— J'espère que ce type va passer des années en prison.

— J'y travaille.

Bien.

— J'ai essayé de protéger Audra des médias, mais…

— Elle est capable de lire les titres elle-même.

Et ces titres s'étaient étalés partout. Rupert avait eu une bonne idée d'envoyer Audra sur cette île abritée des rumeurs du monde.

— Exactement, répondit Rupert avant de faire une nouvelle pause. Nous, Russel, nous nous emballons souvent, lorsqu'il est question d'amour. Si elle avait réfléchi, Audra ne se serait pas retrouvée dans cette situation.

Et elle en payait le prix, aujourd'hui.

Il repensa à sa pâleur, aux cernes sous ses yeux, à l'effort qu'elle avait dû faire pour soulever son sac à dos… Il allait l'aider, la faire sortir au soleil, et peut-être même la faire courir avec lui. Il allait aussi s'assurer qu'elle mange trois repas complets par jour.

— Si j'avais réfléchi, je ne serais pas tombé amoureux de Brooke Manning.

— Tout le monde peut se tromper.

Sitôt ces mots sortis de sa bouche, il les regretta. Il n'avait pas voulu minimiser ce qui était arrivé à son ami. Depuis sa rupture, Rupert n'était plus le même.

— Est-ce que Farquard a brisé le cœur d'Audra ?

— Je ne sais pas.

Même s'il ne lui a pas brisé le cœur, il a volé des secrets de la société Russel en se faisant passer pour un petit ami attentif et aimant. Une trahison qu'une femme comme Audra ne peut pardonner.

— Pauvre Minus !

Zut, il venait de prononcer ces mots à haute voix.

— Regarde bien, Finn, et tu verras que Minus a bien grandi.

Il n'avait pas besoin de regarder pour le savoir. Au contraire, moins il la regardait, mieux il se portait. Une femme comme Audra méritait plus que ce qu'un homme comme lui pouvait lui offrir. Elle méritait quelqu'un sur qui elle pouvait compter, un compagnon stable, prévenant…

— Ce serait génial si tu pouvais lui changer les idées. Je ne veux simplement pas qu'elle tombe amoureuse de toi. Elle a été assez meurtrie et malmenée, ces dernières semaines.

— Tu n'as pas à t'inquiéter à ce sujet, je te le promets. Je ne ferai jamais de mal à Audra.

— Merci, Finn, je savais que je pouvais compter sur toi.

Le lendemain matin, à 8 heures 23 précises, Audra colla son téléphone à son oreille. Elle connaissait l'heure exacte car cela faisait déjà un moment qu'elle fixait l'horloge en se demandant quand Finn allait enfin sortir de sa chambre. Signe qu'elle commençait à être inquiète. Mais évidemment, elle n'avait aucune intention de faire part de son anxiété à son frère.

— Salut, Rupert. Désolée pour l'agitation de la nuit dernière.

— Inutile de t'excuser. En fait, je suis plutôt fier de la façon dont tu as géré la situation. Tout le monde n'aurait pas eu ton sang-froid.

— Merci. En tout cas, j'étais soulagée que ce ne soit que Finn.

Elle repensa à la fatigue qu'elle avait lue sur son visage.

— Sais-tu combien de temps il compte rester à Kyanós ?

— Aucune idée. Si tu veux, je peux lui demander de partir.

— Non, non, inutile. C'est juste qu'il avait l'air exténué hier. Je crois qu'il a vraiment besoin de se reposer.

— Tu as raison. D'ailleurs, Minus, cela me dérange de te demander ce service, mais… Je suis un peu inquiet pour Finn. Il n'a pas l'habitude de rester sans bouger. Le repos est un concept qui lui est totalement étranger. Or il a failli mourir, là-haut, sur cette montagne.

À ces mots, elle frémit.

— Il a failli mourir ? Je savais que son accident avait été grave mais j'ignorais à quel point.

— Comportement typique de Finn, il essaye toujours de minimiser les faits.

Les médecins avaient facilement réparé son bras et ses côtes, ainsi que son épaule disloquée et son genou tordu. Mais c'étaient la rupture de sa rate et l'hémorragie interne qui avaient failli le tuer.

— Si je comprends bien, tu voudrais que je m'assure qu'il se repose bel et bien ?

Après le soutien que lui avait apporté son frère, ces dernières semaines, elle pouvait bien faire un effort pour lui.

— Tu peux compter sur moi.

— Évite simplement de tomber amoureuse de lui, s'il te plaît.

À ces mots, elle se leva d'un bond, furieuse.

— J'ai fait une erreur et…

— Cela n'a rien à voir avec ce qui s'est passé avec Farquard. C'est juste que les femmes apprécient Finn. Beaucoup. On dirait qu'il les ensorcelle.

— Il est séduisant, c'est tout.

Personnellement, elle préférait les hommes avec un peu plus de substance.

Elle avait cru que Thomas avait de la substance et… Elle repoussa cette idée. À quoi bon penser à ce salaud ?

— Il s'est également réfugié à Kyanós pour fuir une femme.

C'était bon à savoir.

— Sache que, s'il te fait du mal, je ne le considérerai plus comme un ami.

Rupert et Finn étaient les meilleurs amis du monde depuis qu'ils s'étaient rencontrés au pensionnat international de Genève, à l'âge de douze ans.

— Tu peux dormir sur tes deux oreilles.

Elle ne ferait jamais rien qui puisse briser l'amitié la plus importante de son frère.

— Finn est brillant, il a bâti une entreprise à succès, c'est un type formidable. Malheureusement, son passé le retient.

Sans doute Rupert faisait-il référence au style de vie aventureux des parents de Finn et à leur mort prématurée. Ces disparitions avaient laissé chez Finn des blessures indélébiles.

— Je crains qu'il ne finisse comme son père. Je ne suis pas sûr qu'il soit capable de se poser un jour.

Sans doute. Les hommes comme lui étaient beaux à regarder, mais ils ne se posaient jamais.

Quant aux femmes, elles avaient des aventures avec des hommes comme Finn… Et sans doute les appréciaient-elles.

À cette idée, une vague de curiosité l'envahit mais elle la refoula. Une aventure désastreuse suffisait pour cette année, elle n'allait pas se lancer dans une autre.

Elle n'avait aucune intention de tomber amoureuse de Finn, mais elle pouvait l'obliger à ralentir un peu, juste pour une semaine ou deux, non ?

# 2.

— Tu as déjà pris ton petit déjeuner, Minus ?

Audra sursauta en voyant apparaître devant elle son corps d'apollon.

— Autrefois, tu n'étais pas aussi nerveuse.

Peut-être, mais c'était avant que Thomas Farquard ne l'enferme dans un placard.

Il la dévisagea de son regard perçant. Il pouvait bien tenter de lire en elle, si cela l'amusait, elle n'avait aucune intention de lui parler de ce sale type.

— Je ne suis jamais au mieux de ma forme quand ma nuit a été interrompue.

— Tout dépend de ce qui interrompt le sommeil, répondit-il en esquissant un sourire malicieux. Certaines interruptions peuvent être agréables.

— Le bruit du verre brisé et une visite de la police ne rentrent pas dans cette catégorie !

— Tu veux que je m'excuse encore une fois ? Je suis prêt à ramper devant toi, s'il le faut.

— Non, merci.

Elle n'avait aucun doute sur le fait qu'il était prêt à tout.

Elle baissa les yeux et vit qu'elle tenait toujours son téléphone.

— Rupert t'a appelée pour te demander de faire attention à moi, n'est-ce pas ?

Surprise, elle demeura bouche bée. Comment diable…

— Il t'a appelé aussi ?

— Tu veux des œufs ?

— Non merci.

— Pour être précis, reprit-il, revenant au sujet de leur conversation, c'est moi qui l'ai appelé. D'après ton frère, je posséderais un pouvoir magique capable de séduire toutes les femmes.

Surprise, elle fronça les sourcils. Percevait-elle de l'amertume derrière son apparente légèreté ?

— Et, au risque de te décevoir, ton frère m'a interdit d'utiliser ce pouvoir magique avec toi.

Incapable de s'en empêcher, elle éclata de rire.

Un large sourire aux lèvres, il posa une assiette d'œufs et des toasts devant elle avant de s'installer en face d'elle.

— Je t'ai dit que je ne voulais pas d'œufs !

— Désolé, j'ai dû mal entendre.

Il avait parfaitement entendu, elle le savait, mais elle ne dit rien. L'odeur du beurre fondant sur les toasts lui mettait l'eau à la bouche. Sans attendre, elle saisit son couteau et sa fourchette. En fait, elle mourait de faim.

— Rupert t'a ordonné de me faire manger ?

Il secoua la tête et une mèche humide tomba sur ses yeux. Instantanément, son rythme cardiaque s'emballa mais elle se força à le maîtriser. Il était si sexy…

— Non. La seule consigne de Rupert était de ne pas jouer de mon pouvoir magique avec sa petite sœur adorée.

— Bon sang, de quoi se mêle-t-il ? Je n'ai plus douze ans !

— C'est exactement ce que je lui ai répondu. J'ai ajouté que sa sœur était trop intelligente pour tomber amoureuse d'un type comme moi.

Tomber amoureuse ? Jamais de la vie, mais une nuit… Stop. Elle se força à refouler cette idée. Hors de question de penser à Finn en ces termes.

Oui, elle le trouvait très beau, mais cela ne voulait rien dire. Oui, quand elle se laissait aller à la rêverie, elle pensait à lui comme à un amant excitant, mais elle n'était pas le genre de femmes à avoir des aventures avec des hommes aussi libres que lui, et ne le serait jamais.

— Alors…

Revenant au présent, elle leva les yeux vers lui.

— Depuis combien de temps es-tu arrivée ?

— Deux jours.

— Et combien de temps penses-tu rester ?

— Je ne sais pas. Deux semaines, peut-être. Et toi ?

— Une semaine ou deux, le temps de me remettre en conditions.

Et il risquait de vouloir en faire trop, si elle ne le surveillait pas, si elle ne le bridait pas un peu.

— Mais si ma présence te dérange, je peux aller m'installer chez mon oncle.

— Non, je suis contente d'avoir de la compagnie.

Son regard se fit soudain plus aiguisé, et elle devina qu'elle avait commis une erreur. D'habitude, elle ne se conduisait pas de cette manière avec lui. Elle le provoquait, jouait avec lui, mais ne se livrait pas ainsi.

Se reprenant, elle leva sa fourchette et la pointa dans sa direction.

— Du moment que tu arrêtes de m'appeler Minus, que tu oublies ton prétendu pouvoir magique, et que tu me prépares le petit déjeuner tous les matins, tu peux rester.

— Marché conclu… Audra.

La façon dont il prononça son prénom lui fit l'effet d'une caresse et un frisson de plaisir parcourut son dos.

Elle se força à l'ignorer.

— J'ignorais que tu n'aimais pas qu'on t'appelle Minus.

Pour être honnête, elle avait toujours détesté ce surnom.

— En tout cas, tu ne peux pas reprocher à ton frère d'être protecteur à ton égard.

— Ce n'est pas le cas. Je sais que je suis chanceuse de l'avoir… Et d'avoir Cora et Justin à mes côtés.

Finn était enfant unique. Heureusement, il pouvait

compter sur Rupert. Les deux hommes étaient aussi proches que deux frères.

— Il joue les gros durs mais à l'intérieur…

— Il est aussi doux qu'un sucre d'orge, termina-t-elle à sa place. Il serait prêt à…

Le téléphone de Finn sonna soudain, la coupant dans sa phrase. Incapable de s'en empêcher, elle jeta un coup d'œil et vit le nom de Trixie s'afficher sur l'écran avant qu'il ne l'attrape, ne l'éteigne et ne rive à nouveau son regard au sien.

— Quel est ton programme, pendant que tu es ici ?

— Eh bien… Je pensais lézarder sur la plage, me baigner…

— Programme sympathique.

Sauf qu'il n'était pas du genre à lézarder sur la plage, elle le savait. Le connaissant, il allait sans doute se concocter un programme de remise en forme digne d'un sportif professionnel.

— Je vais lire, aussi.

— Lire ? Tu es dans un des plus beaux sites du monde et tu veux lire ?

Qu'y avait-il de mal à cela ?

— Sais-tu depuis combien de temps je n'ai pas lu un livre pour le plaisir ?

— Je ne sais pas.

— Depuis plus d'un an.

— Si tu aimes autant lire, pourquoi ne lis-tu pas plus ?

Parce qu'elle avait travaillé trop dur, ces derniers temps. Et surtout parce qu'elle avait laissé Thomas la distraire et la manipuler…

— As-tu d'autres envies ?

Elle hocha la tête et réfléchit.

— Je rêve d'apprendre à confectionner des croissants.

— Pourquoi ?

Parce qu'ils exigeaient un long temps de préparation. Ce qui voulait dire que si elle pouvait le convaincre de l'aider, il serait obligé de rester à la maison pendant plusieurs heures. Sans bouger.

— Parce que j'adore les croissants, répondit-elle plutôt.

C'était d'ailleurs la vérité.

— Je les aime tellement que j'ai pris la décision, dans l'intérêt de mon tour de taille, de ne manger que les croissants que je confectionnerai moi-même.

Comme s'il était impressionné, il siffla.

— Eh bien, Min... Je veux dire Audra ! Lecture, cuisine... Tu sais vraiment t'amuser, toi !

Il lui suffisait de voir sa moue pour deviner que sa remarque était ironique.

— Les vacances sont censées être un moment de détente, rétorqua-t-elle, piquée au vif. Quand je travaille, je donne tout mais ici, je veux me reposer.

— Ton programme est ennuyeux.

— Mon programme est relaxant.

— Se détendre, c'est bien, mais il faut aussi s'amuser. Regarde-toi, tu es...

Elle agrippa l'accoudoir de son fauteuil pour s'empêcher de bondir.

— Je suis quoi ? Ennuyeuse ?

— Non, coincée !

— C'est l'effet que ton fichu pouvoir magique a sur moi.

— Je te rappelle que nous ne sommes pas censés mentionner ce pouvoir magique.

Elle serra les poings. Il la rendait tellement folle de frustration qu'elle n'avait plus qu'une envie, hurler.

— Regarde tes cheveux. Tu portes un chignon !

— Quel est le problème avec mon chignon ?

— Un chignon est parfait pour un conseil d'administration, pas pour des vacances.

Peut-être, mais elle détestait quand ses cheveux volaient et lui chatouillaient le visage.

— En parlant de cheveux, tu devrais peut-être aller chez le coiffeur, la prochaine fois que tu descendras au village.

— Je suis allé chez ma coiffeuse la semaine dernière, et la délicieuse Vanessa m'a assuré que mon look ferait fureur.

Il avait une coiffeuse qui s'appelait Vanessa… Et qui était délicieuse ? Consternée, elle leva les yeux au ciel.

— Elle a dit la même chose concernant ma barbe de trois jours.

Elle détourna le regard. Jusqu'à présent, elle avait fait de son mieux pour ne pas s'attarder sur cette barbe, refoulant les images osées qui lui venaient à l'esprit à chaque fois qu'elle y pensait.

— Qu'en dis-tu ? lui demanda-t-il en passant une main sur sa mâchoire.

Il était ridicule. Son attitude était ridicule et pourtant, elle avait soudain très envie de passer sa main sur sa peau et de découvrir si elle était aussi douce qu'elle en avait l'air.

— Cette barbe te donne l'air… débraillé.

Et terriblement sexy, faillit-elle dire, mais elle se retint à temps.

— Elle te protégera sans doute du soleil.

Pour toute réponse, il rejeta la tête en arrière et éclata de rire.

Elle le dévisagea. Les rides autour de ses yeux étaient moins marquées et il bougeait avec plus de fluidité qu'hier soir. Pour être honnête, ce matin, elle parvenait presque à oublier ses récentes blessures.

Et dire qu'il avait failli mourir là-haut, sur cette montagne…

— Audra ?

Voyant l'inquiétude se refléter dans ses prunelles, elle se força à se reprendre.

— Et toi, quel est l'ingrédient principal de tes vacances idéales ?

— Ici, sur l'île ? demanda-t-il en commençant la vaisselle.

— Oui, ici sur l'île, répondit-elle en saisissant un torchon.

— Les sports nautiques.

La natation était une activité douce mais sans doute avait-il en tête des sports plus extrêmes.

— De l'autre côté de l'île se trouve un spot parfait pour la planche à voile. Ajoute à cela quelques séances de ski nautique et quelques vols en deltaplane et nous approcherons des vacances parfaites.

Du deltaplane ? Mais il risquait de se tuer !

— Quelle horreur !

Surpris, il la dévisagea.

— Quand es-tu devenue une telle poule mouillée ?

Elle n'était pas une poule mouillée, et ne pensait pas à elle, quand elle avait prononcé ces mots. Mais il ne s'en était pas aperçu, ce qui n'était pas plus mal parce que s'il se rendait compte qu'elle s'inquiétait pour lui, il irait immédiatement sauter de la première falaise venue, juste pour la provoquer.

— Pourquoi ne pas te laisser aller, pour une fois, pourquoi ne pas prendre de risques ? Tu pourrais trouver cela amusant.

Elle réprima un soupir. Peut-être était-ce justement ce dont elle avait peur. Un risque pouvait en entraîner un autre, et avant qu'elle ne s'en rende compte, elle pouvait mettre toute sa vie sens dessus dessous. Et elle ne parlait même pas d'une aventure avec le meilleur ami de son frère… Ce qui, de toute évidence, n'arriverait jamais. Non, elle ne prenait pas de risque, jamais, ce n'était pas son genre.

Maintenant, il fallait juste qu'elle trouve un moyen pour l'empêcher, lui, de prendre des risques inconsidérés.

— Il n'y a absolument rien de mal à paresser. Tu devrais essayer, un jour.

— Je vais conclure un marché avec toi : j'accepte de goûter à tes vacances de farniente si tu essayes les miennes.

Pourquoi pas ? Cette idée pourrait être la solution parfaite.

— Tu serais donc prêt à bouquiner au soleil si j'acceptais de faire de la planche à voile ?

— Oui. Un jour, nous suivons ton programme et le lendemain, le mien.

Elle se retourna pour accrocher le torchon au crochet, et surtout éviter qu'il ne voie son sourire satisfait. Cette idée lui plaisait. Pendant au moins la moitié de son séjour, elle pourrait ainsi le tenir à l'écart du danger. Quant à l'autre moitié… Elle pourrait sans doute modérer son rythme, au moins le temps qu'il comprenne qu'il était vain de risquer sa vie.

— Malgré ce que tu peux penser, je ne suis pas une poule mouillée.

— Et malgré ce que toi, tu penses, je ne suis pas un touche-à-tout irresponsable.

Finn regarda Audra réfléchir à sa suggestion. Elle y songeait bel et bien ? Voilà qui était étonnant. Était-ce par goût pour la compétition ? Pour sauver la face ou, comme certaines femmes, pour tenter de le changer ?

Non, cette dernière hypothèse n'était pas la bonne. Elle lui avait clairement fait comprendre qu'il n'était pas son genre. Dieu merci !

— J'accepte ton défi, finit-elle par annoncer.

Il essaya de cacher sa surprise. Elle acceptait vraiment ? Il n'avait même pas besoin d'insister ?

— J'ai cependant deux conditions, précisa-t-elle.

Il savait bien qu'elle ne céderait pas aussi facilement.

— Je t'écoute…

— La première condition, c'est que je commence.

— Les femmes en premier. Je suis d'accord.

— Et le pacte n'entre en vigueur que demain. Nous devons aller faire des courses, aujourd'hui.

— Pourquoi ne pas les faire livrer ?

— C'est quand même plus sympa d'aller au marché et de soutenir les producteurs locaux, non ? Je voudrais aussi passer à la librairie. D'ailleurs, je te rappelle que tu dois choisir un livre.

Pas de problème. Il la ferait courir trois kilomètres pour se venger !

— Tu n'as qu'à profiter de cette journée pour faire le tour des activités disponibles sur l'île.

Ainsi, elle allait vraiment le laisser choisir la moitié de leurs activités pour les deux semaines à venir… Voilà une excellente nouvelle ! Quand il en aurait fini avec elle, elle aurait repris des couleurs et quelques kilos. Il y veillerait.

— Marché conclu. J'ai toutefois une condition, moi aussi. Tu dois abandonner ton chignon.

Ce chignon le déconcentrait beaucoup trop. À chaque fois qu'il le voyait, il n'avait qu'une envie, le défaire et enfouir ses doigts dans ses cheveux de la couleur des blés.

Pour toute réponse, elle le regarda droit dans les yeux et, des lueurs de défi dans ses prunelles, retira les épingles qui tenaient son chignon, libérant ses cheveux blonds qui tombèrent en cascade sur ses épaules.

— C'est mieux ?

— C'est beaucoup mieux, marmonna-t-il, se forçant à ne pas tendre la main pour voir si sa chevelure était aussi douce qu'elle en avait l'air.

Elle lui adressa un sourire malicieux puis, sans le quitter du regard, attacha ses cheveux en queue-de-cheval.

— Le chignon a disparu. J'ai respecté ta condition.

Hélas, cette sage queue-de-cheval ne soulageait pas la tension qui enflait dans sa poitrine, et ailleurs en lui. Pourquoi son insolence lui faisait-elle cet effet ? Il ne s'agissait que de cheveux, bon sang !

— Tu te sens bien ? lui demanda-t-elle soudain, le sortant de sa réflexion.

— Bien sûr. Pourquoi cette question ?

— Tu as accepté toutes mes conditions sans négocier. Cela ne te ressemble pas. D'habitude, tu ne cèdes pas aussi facilement. Si tu veux attendre quelques jours avant de commencer, pas de problème pour moi. Tu es encore convalescent.

Elle se tut, comme si elle espérait une confirmation. Elle pouvait toujours attendre, il n'avait pas la moindre intention d'évoquer son accident.

— Et tu avais l'air assez mal en point hier soir, alors…

— Alors quoi ?

— Si tu as besoin de quelques jours pour reprendre des forces…

— L'accident s'est produit il y a deux mois, Minus.

Il l'avait délibérément appelée Minus, pour la provoquer.

— Je vais très bien.

— Si tu le dis…

Hélas, elle n'avait pas l'air convaincue.

— Je pars pour le village dans une demi-heure, si tu veux m'accompagner. Mais si tu préfères rester ici, faire des pompes et courir dix kilomètres sur la plage, je serai plus qu'heureuse de choisir un livre à ta place.

— Hors de question. Je serai prêt dans vingt minutes.

— Comme tu veux.

Elle se dirigea vers l'escalier, sa queue-de-cheval se balançant au rythme de ses pas, comme pour le narguer. Le pied sur la première marche, elle se retourna vers lui.

— Finn ?

Pourvu qu'elle n'ait pas vu qu'il la fixait !

— Mon nom est Audra, pas Minus. Je t'accorde trois jokers avant de te mettre dehors, et tu viens de perdre le premier.

Elle le mettrait à la porte s'il… Il esquissa un sourire. Elle ne se laissait pas faire et il devait bien avouer qu'il adorait ce trait de caractère.

— Je vais conduire, lui annonça-t-il trente minutes plus tard.

— C'est moi qui ai les clés, dit-elle en se glissant sur le siège conducteur de la voiture de Rupert.

Pour être honnête, il ne se souciait pas de savoir qui conduisait. Il voulait juste éviter qu'Audra ne s'imagine qu'il ne pouvait pas conduire.

De toute façon, être passager présentait quelques avantages. Il aurait tout loisir d'admirer la vue, les collines recouvertes d'oliviers, et surtout, le bleu incroyable, presque hypnotisant, de la mer Égée.

Il inspira profondément. Ici, il respirait mieux.

— Magnifique !

Il jeta un coup d'œil vers Audra. Elle aussi semblait détendue, elle n'agrippait pas le volant, tandis que la dernière fois qu'il l'avait vue, elle était pressée, nerveuse, et son regard était fuyant.

— Quoi ?

— Je me disais juste que la vie sur une île te convient.

Elle le fixa avec surprise avant de reporter son attention sur la route, devant elle.

— Connais-tu quelqu'un à qui la vie sur l'île ne ferait pas de bien ?

— Oui, moi. Je crois que je deviendrais vite fou.

Passer sa vie en vacances ne l'intéressait pas ? Que voulait-il faire du reste de son existence, alors ? Il repoussa cette question dans un coin de son esprit, il n'était pas prêt à y répondre.

— C'est sans doute ton cas aussi. D'après ce que je sais, tu n'aimes pas être loin de ton bureau trop longtemps.

À ces mots, il la sentit se tendre à nouveau. Zut ! L'objectif de ces vacances était de l'amener à se relaxer et à s'amuser, pas de la rendre nerveuse. Mentionner le travail lui avait sans doute fait penser à Farquard. Et il était clair qu'elle était autant disposée à parler de Farquard que lui, de son accident.

Il se racla la gorge avant de reprendre.

— Pour un temps limité, je ne vois toutefois pas meilleur endroit que cette île.

— Je ne te contredirai jamais sur ce point.

Ils s'approchèrent du village et il la regarda esquisser un sourire de ravissement.

— Ce port est si joli…

Elle manœuvra pour se garer et ils demeurèrent un moment à admirer le panorama qui s'offrait à eux. Un ferry venait de quitter le port, emmenant les passagers vers le continent. Des yachts aux voiles de couleurs vives étaient amarrés le long du quai. En face, des maisons de pierre, certaines d'entre elles enduites de plâtre blanc, s'étalaient le long de la colline ; le bleu vif de leurs portes et volets en harmonie avec le bleu brillant de la mer donnaient à l'endroit un aspect délicieusement méditerranéen.

Audra sortit enfin de la voiture et il la suivit.

— Je vais flâner un peu le long de la rue principale.

Elle fit un geste en direction des boutiques qui bordaient le quai, leurs auvents frémissant au gré de la brise, des tonneaux débordant de fleurs multicolores placés de part et d'autre de chaque vitrine.

— Bonne idée.

Se balader lui changerait les idées. Cela ne pourrait que lui faire du bien.

— Cela te dérange si je t'accompagne ?

Son regard couleur azur se tourna vers lui. Malheureusement, il ne parvenait pas à lire en elle.

— Tu sais, je vais prendre mon temps. Au quotidien, je passe mon temps à courir, alors…

Elle s'interrompit. Elle avait peur qu'il l'oblige à aller au pas de course. Pourquoi ? Pour avoir plus de temps pour ses activités à lui ? Le prenait-elle vraiment pour une brute égoïste ?

— Je ne suis pas pressé.

— Je pensais faire du lèche-vitrines, et peut-être déjeuner ici avant d'aller au marché.

— Cela me paraît une bonne idée.

Visiblement surprise, elle le dévisagea avec attention.

— C'est vrai ?

Un éclair de vulnérabilité traversa son visage mais disparut presque aussi vite qu'il était apparu. Depuis toujours, Audra faisait passer les besoins de sa famille avant les siens. Mais qui faisait passer ses besoins, à elle, en premier ?

— Je te confirme qu'une promenade tranquille dans le village, au soleil, me semble une excellente idée.

Elle lui adressa un sourire, un véritable sourire, qui le toucha au plus profond. Il l'avait rarement vue sourire ainsi. Pourquoi ?

Il lui prit le bras pour lui faire traverser la rue et se força à la libérer de l'autre côté. Elle sentait si bon la noix de coco et les pêches bien mûres qu'il avait envie de s'approcher d'elle, or cette idée était dangereuse, et totalement inappropriée.

Il essaya de se reprendre et, pour une fois, regretta de ne pas pouvoir attribuer sa sensation de vertige à ses récentes blessures. Audra avait toujours été capable de le provoquer et de le faire rire, mais il n'avait pas l'intention de la laisser le troubler. Il était resté trop longtemps isolé, ces dernières semaines. Il allait se remettre sur pied et tout irait mieux une fois qu'il aurait repris des forces.

— L'atmosphère est toujours joyeuse, ici, dit-il en prenant une profonde inspiration.

Il baissa les yeux vers un parterre de fleurs pour ne pas regarder sa poitrine envoûtante qui montait et descendait au rythme de sa respiration, et attrapa un pétale rose entre ses doigts.

— Elles sont belles.

— J'adore les anémones. Et ces lauriers sont magnifiques.

Il tendit la main vers des fleurs jaunes et ses doigts frôlèrent les siens. Un contact bref mais qui électrisa tous ses sens et l'obligea à reprendre son souffle.

— Ce sont des alysses, murmura-t-elle en écartant sa main.

— J'ignorais que tu aimais jardiner.

Elle le fixa un instant. Cherchait-elle une repartie pour lui clouer le bec ? Il avait l'impression qu'elle hésitait.

— Ne t'inquiète pas, finit-elle par répondre. Je ne t'obligerai pas à jardiner.

Elle souriait et pourtant, il percevait des lueurs tristes dans son regard. Pourquoi ? Il ouvrit la bouche pour l'interroger, puis la referma. Mieux valait éviter les questions sensibles. Sa mission consistait simplement à l'aider à se détendre.

# 3.

Audra s'éloigna de Finn, et des fleurs, pour tenter de ralentir le rythme fou de son pouls… Et surtout réprimer le désir qui lui donnait le vertige. Malheureusement, la douce brise et le soleil dansant à la surface de l'eau ne faisaient qu'augmenter son trouble.

Elle et Finn ? C'était absurde ! Elle ne comprenait même pas comment une idée aussi risible avait pu lui traverser l'esprit. Un échec amoureux était amplement suffisant pour cette année !

Elle se passa la main sur le visage. Finalement, elle devait être plus secouée par la trahison de Thomas qu'elle ne l'avait imaginé.

Le but de ces vacances était de remettre de l'ordre dans sa vie et de fuir la tempête médiatique qu'elle avait déclenchée à Genève, elle ne devait surtout pas l'oublier. Hors de question donc d'aggraver sa situation avec une aventure. Surtout avec Finn !

Un bâtiment situé au bout de la rue, avec un panneau à vendre, attira soudain son regard. Avec ses murs blancs et ses volets bleus, il symbolisait à lui seul la Grèce. Elle tenta de détourner les yeux. En vain. Le panneau et les pots de fleurs disposés le long du trottoir semblaient l'avoir aimantée.

Si jamais elle devait devenir propriétaire d'une boutique, un jour, elle placerait des bacs de fleurs comme ceux-ci, devant la vitrine.

Elle réprima un soupir. À quoi bon se faire des illusions ?

Jamais elle ne serait propriétaire d'un magasin et plus vite elle oublierait ce rêve, plus vite elle pourrait remettre sa vie sur ses rails.

Le silence se prolongea et sa nervosité augmenta.

Voilà ce qui arrivait quand elle se laissait aller ! Elle rêvait, elle oubliait qui elle était… et elle faisait des bêtises. Ce qui voulait dire qu'elle devait à tout prix se reprendre, tout de suite, avant de commettre l'irréparable.

— Si j'avais une boutique, je mettrais des fleurs comme celles-ci devant la devanture, lança-t-elle néanmoins.

Puis, mal à l'aise, elle baissa les yeux. Sans doute Finn allait-il se moquer d'elle.

Au lieu de cela, il lui adressa un large sourire, un sourire presque… affectueux.

— Quand tu étais petite, tu rêvais d'avoir un magasin.

En effet, et tout le monde se moquait d'elle au motif qu'elle ne rêvait pas de devenir astronaute ou ballerine, comme la plupart des autres petites filles.

— Et toi, quel métier rêvais-tu de faire, quand tu étais petit ?

— Pompier, si je me souviens bien. J'ai ensuite voulu devenir lanceur de couteaux puis explorateur. Pendant quelque temps, j'ai aussi rêvé de faire partie d'un groupe de disco. Pour le costume.

Incapable de s'en empêcher, elle éclata de rire.

— Je t'imagine très bien, vêtu de satin violet avec des bottes compensées à paillettes.

À son tour, il éclata de rire et elle en profita pour le dévisager. Elle s'attarda sur son sourire malicieux, sur son regard brillant devant lequel tombaient quelques mèches folles, et l'émotion la gagna peu à peu. Sa gorge se serra et son rythme cardiaque accéléra. Il était vraiment le plus bel homme qu'elle ait jamais vu.

Stop ! Elle se força à détourner le regard. Elle ne devait surtout pas oublier qui il était.

— Tu ne portes peut-être pas de costume, mais tu es devenu aventurier comme tu en rêvais. Un aventurier play-boy.

Pour toute réponse, il lui lança un regard noir. Zut. Avait-elle dépassé les bornes ? L'avait-elle vexé ?

— Je sais que tu donnes beaucoup d'argent à des associations caritatives, reprit-elle sans attendre pour tenter de se faire pardonner.

Ses courses automobiles, ses expéditions en haute montagne et ses sauts en parachute lui permettaient de récolter des fonds en faveur de nobles causes.

— Et pourtant, tu n'as jamais été capable de cacher ta désapprobation face à mon style de vie que tu considères comme irresponsable !

Oui, elle éprouvait une certaine désapprobation, elle voulait bien l'admettre. Pourquoi était-il obligé de risquer sa vie ? Elle ne comprenait pas. Il y avait bien d'autres moyens de collecter des fonds, non ?

Elle s'arrêta. Ils venaient d'arriver devant la librairie. Tant mieux, elle commençait à en avoir assez de cette conversation.

— Nous sommes arrivés à notre premier arrêt.

Pour toute réponse, il lui ouvrit la porte.

— Après toi.

Elle prit une profonde inspiration et entra. Finn fila vers le rayon des essais tandis qu'elle se dirigeait vers celui des romans. Au passage, elle s'arrêta pour jeter un coup d'œil aux objets présentés sur une longue table en bois, des stylos, des cahiers, des carnets, des serre-livres, des presse-papiers… Bref tout ce dont raffolait une amoureuse des livres comme elle.

Avant de partir, elle achèterait quelques carnets et marque-pages.

Elle se perdit ensuite dans les rayons de livres, la plupart en grec mais quelques-uns en anglais. Depuis combien de temps fouinait-elle, admirant les couvertures, feuilletant les ouvrages, lisant les résumés en quatrième de couverte ? Elle l'ignorait mais elle aperçut soudain Finn en train de l'observer discrètement. Elle surprit un regard d'affection sur son beau visage et regretta aussitôt de l'avoir traité d'aventurier play-boy. Elle avait été un peu dure.

— Tu as l'air heureuse.

— C'est le cas.

Cette halte à la librairie et la découverte de ses trésors la comblaient.

Elle jeta un coup d'œil en direction de ses mains, toujours vides.

— Tu n'as pas trouvé de livre ?

Il répondit d'un simple signe de la tête.

— Et toi ? Tu vas acheter tous ces bouquins ?

— Je vais acheter ce manuel de cuisine française.

Elle en avait besoin, si elle voulait préparer des croissants.

— Et ces trois autres.

Elle lui tendit le livre de cuisine, deux romans d'amour et un policier avant de reposer les autres.

— Quel livre choisirais-tu pour moi ?

Visiblement hésitant, il pointa du doigt vers un roman à succès d'un écrivain célèbre.

— Un livre de ce genre, peut-être ?

— C'est une saga historique avec de longues descriptions. Je ne suis pas sûre que ce soit ta tasse de thé.

Ce roman manquerait sans doute de rebondissements à son goût.

— Le but de l'exercice n'est pas de te faire souffrir ou de te dégoûter de la lecture.

Ses yeux ambrés, plus sombres que le whisky qu'il aimait, mais tout aussi enivrants, se posèrent sur elle et elle aperçut des lueurs de surprise, dans ses prunelles. Elle repensa aussitôt à l'affection qu'elle avait lue sur son visage, un peu plus tôt et, troublée, avala tant bien que mal sa salive.

Était-elle devenue une vraie chipie, ces dernières années ? Une femme méprisante ?

— Je sais que nous avons l'habitude de nous taquiner, de nous provoquer…

— C'est vrai.

— Mais j'aimerais te prouver que des activités calmes peuvent aussi être agréables. Alors, si je devais choisir un livre pour toi, je choisirais…

Elle se tut et parcourut la section Humour avant d'attraper les mémoires d'un comédien populaire.

— Je choisirais celui-ci. Pour être sûre, je vais aussi te prendre celui-ci… ou bien celui-là. Lequel préfères-tu ?

Elle lui tendit deux ouvrages récents, une biographie d'un commentateur sportif très connu et un témoignage sur la Seconde Guerre mondiale.

Il jeta un coup d'œil aux quatrièmes de couverture et mit le deuxième sur la pile de livres à acheter.

Ils se dirigèrent ensuite vers la caisse.

— Si j'avais été seule, je t'aurais pris celui-ci pour te faire une blague.

Elle souleva un livre intitulé *Les Douze Étapes pour reconstruire sa vie après le chaos.*

— Remets-le à sa place, s'il te plaît. Tout de suite !

Le rire qu'elle perçut dans sa voix la fit sourire et elle reposa le livre.

— Je t'aurais aussi pris un joker.

— Un joker ?

— Un livre sur un sujet qui, a priori, ne t'intéresse pas mais qui pourrait te plaire.

— Je veux bien un joker.

Excellente nouvelle. Mais que choisir ? Elle repensa à ce qu'il avait dit plus tôt, à savoir qu'il voulait être pompier, lanceur de couteaux ou explorateur. Sans attendre, elle retourna dans le rayon des romans. Elle était prête à mettre sa main au feu qu'il adorerait une histoire mettant en scène des antihéros.

Elle attrapa le premier tome d'une trilogie fantastique.

— Il est trop gros ! s'écria-t-il en découvrant le livre de la taille d'une brique.

— C'est oui ou c'est non ?

— Allez, finit-il par lâcher en soupirant, pourquoi pas. Ajoute-le à la pile.

— Maintenant, donne-moi ces livres. Hors de question que tu les payes.

— Pourquoi ?

— J'aime acheter mes propres livres. Et je t'ai poussé à en prendre trois que tu n'ouvriras peut-être jamais.

— Puis-je t'inviter à déjeuner, en échange ?

— Pour me remercier d'avoir été ta libraire particulière ? Avec plaisir. Mais il est encore un peu tôt.

Ils payèrent et pendant qu'Audra discutait avec Sibyl, la propriétaire de la librairie, il rangea tous leurs achats dans un sac et le mit sur son épaule.

— Où allons-nous maintenant ?

— Voyons simplement où le vent nous mène, répondit-elle en se dirigeant vers la porte.

En chemin, elle s'arrêta pour lire un panneau d'affichage annonçant des cours de dessin. Voilà qui pourrait être amusant… Non. Après réflexion, ce n'était pas une bonne idée. Elle avait la plage, ses livres… En plus, elle était trop fatiguée.

Finn approcha.

— Tu es intéressée ?

Pour toute réponse, elle secoua la tête et l'entraîna dehors.

— J'avais pourtant l'impression que…

— Oh ! regarde comme c'est joli !

Elle s'élança dans la boutique suivante et soupira de soulagement en voyant qu'il se laissait distraire.

Il acheta un maillot de bain et elle, un paréo. Ils continuèrent ensuite leur promenade et il trouva une paire de boutons de manchette en argent en forme d'avion.

— Mon oncle va les adorer ! s'exclama-t-il avant de lui montrer un pendentif en argent au bout d'une cordelette de cuir noir. Il t'irait très bien.

Elle l'acheta aussi et ils s'aidèrent mutuellement à choisir des chapeaux de soleil.

Dépenser autant était peut-être irresponsable, même si aucun de ses achats n'était très coûteux, mais elle se laissait si rarement aller qu'elle se força à ignorer la petite voix dans sa tête qui essayait de la ramener à la raison. En plus, ces achats lui permettaient de discuter avec des commerçants locaux qu'elle connaissait depuis des années.

Rapidement, elle oublia sa crainte d'être interrogée sur son histoire avec Thomas. Comme toujours, les habitants de Kyanós la traitaient comme l'une des leurs. La famille Russel venait en vacances sur l'île depuis près de dix ans maintenant et ici, elle se sentait chez elle.

Chez elle, loin de chez elle.

— Tu as faim ?

— Je meurs de faim !

Elle regarda sa montre. Il était près de 14 heures.

— Nous ne sommes pas encore passés à la boulangerie, ni à l'épicerie, ni à la boucherie…

— Nous avons le temps.

Elle orienta son visage vers le soleil et ferma les yeux quelques instants pour savourer ses rayons brûlants.

— Tu as raison, nous avons le temps, nous sommes en vacances.

Ils s'installèrent sur une terrasse et partagèrent un plat d'olives, de charcuteries locales et de fromage.

Pendant qu'ils mangeaient, ils passèrent en revue les livres qu'ils avaient achetés.

Elle le regarda discrètement lire la première page du roman fantastique, puis la deuxième, la troisième…

— Finalement, je pense que ce livre pourrait être bien.

Elle se retint de lui dire qu'elle n'était pas étonnée, inutile de remuer le couteau dans la plaie.

— Je pense qu'il va me plaire.

Du moins s'il restait tranquille suffisamment longtemps pour le lire !

— Dommage que je n'aie pas eu ce roman quand j'étais coincé sur mon lit d'hôpital.

À voir les ombres sous ses yeux, elle devinait qu'il avait souffert, pendant ces quelques semaines.

— Comment as-tu passé le temps ?

— J'ai fait des mots croisés, j'ai regardé des films…

— J'ai failli t'envoyer un roman, mais j'ai pensé…

— Tu as pensé que je le prendrais mal ? Tu as pensé que je le prendrais pour une provocation ?

— Quelque chose comme ça, oui.

Il sourit.

— J'ai apprécié le livre d'énigmes que tu m'as fait livrer. Par contre, le panier de fruits, un peu moins. Un panier de fruits, c'est bon pour un invalide ! J'aurais préféré une bouteille de tequila.

Il n'était pas vraiment en colère, il jouait avec elle, elle le voyait à son sourire.

— Je le saurai pour la prochaine fois.

— Il n'y aura pas de prochaine fois.

Bonne nouvelle !

— Je lève mon verre à l'absence d'accidents et à ton prompt rétablissement.

— À la tienne !

Il leva son verre puis le vida avec un plaisir et une liberté qu'elle lui enviait.

— Je n'aurais pas cru que tu serais un aussi bon compagnon pour faire du shopping.

Les mots étaient sortis de sa bouche sans qu'elle réfléchisse et elle les regretta, quand il la foudroya du regard.

— Tu pensais que j'allais râler ?

— Un peu. Rupert et Justin s'en accommodent, quand Cora ou moi voulons faire du lèche-vitrines, mais ils n'aiment pas ça.

— Pour être honnête, je ne ferais pas de shopping tous les jours mais j'ai passé un bon moment, ce matin. Te voir dans la librairie a été une véritable révélation.

Une révélation ? Perplexe, elle l'interrogea du regard. Elle ne comprenait pas.

— Cela faisait longtemps que je ne t'avais pas vue t'amuser autant, Minus… Je voulais dire, Audra. Ne compte pas ce dérapage, s'il te plaît.

Il lui sourit et elle lui pardonna aussitôt. Il n'avait pas utilisé ce surnom pour la titiller, comme il l'avait fait hier. Sa langue avait simplement fourché.

— Tu devrais davantage écouter ton cœur, mademoiselle la coincée.

Mademoiselle la coincée ? Elle préférait quand il l'appelait Minus !

— La vie ne se résume pas aux conseils d'administration.

Elle était bien d'accord. Malheureusement, les conseils d'administration l'attendraient au retour et cette simple idée lui donnait déjà la migraine.

# 4.

Audra observa discrètement Finn. Allongé sur sa serviette sur cette plage paradisiaque, il semblait captivé par son livre. Tandis qu'elle, la grande lectrice, ne parvenait pas à se concentrer… La vie était parfois ironique ! Sans doute était-ce la conséquence de ses rêves troublés dans lesquels les visages de Finn et de Thomas se superposaient, tour à tour sexy puis effrayants.

Rien que de penser qu'elle était seule avec Finn, un homme beau comme un dieu grec, sur cette plage déserte, et la chaleur se répandait partout en elle. Mais même si la tentation était grande, hors de question de commencer à rêver et imaginer avoir une relation avec lui. Jamais de la vie !

Elle lâcha un long soupir. Sans doute son esprit prenait-il cette direction pour fuir la réalité et ses échecs passés.

— Pourquoi ce soupir ?

Elle releva la tête et croisa le regard profond de Finn en train de la dévisager. Il avait vraiment des yeux magnifiques…

— Je te rappelle que tu es censée te détendre.

— J'ai passé une nuit agitée. C'est tout.

— Quand on travaille aussi dur que toi, il est parfois difficile de baisser la garde.

Mal à l'aise, elle ne répondit pas. Elle remit plutôt son T-shirt et noua son paréo autour de sa taille. Elle avait beau porter un maillot une pièce très sobre, elle avait l'impression d'être nue, sous son regard perçant, d'être un livre ouvert. C'était pourtant ridicule ! Elle était venue sur cette plage de nombreuses fois, y compris avec Finn, et parfois vêtue de maillots plus minimalistes que celui-ci.

— Ma peau n'est pas encore habituée au soleil, je préfère faire attention, se défendit-elle, même s'il ne lui avait fait aucune remarque.

Elle le dévisagea quelques instants avant de reprendre.

— Tu es resté enfermé pendant des semaines, à l'hôpital et ensuite chez toi, et pourtant, je suis plus pâle que toi.

— C'est parce que j'ai passé beaucoup de temps sur la terrasse de mon appartement de Nice.

C'était une bonne explication.

— As-tu déjà essayé la méditation ?

Surprise, elle écarquilla les yeux. Finn lui parlait de méditation ? Elle s'attendait à tout sauf à ça.

— Allonge-toi sur le dos et ferme les yeux.

— Laisse tomber. À chaque fois que j'essaye de méditer, je ne vois plus que mes échecs.

Et elle avait accumulé suffisamment d'échecs, ces derniers temps, alors inutile de revenir dessus une nouvelle fois.

— Je sais que je suis censée me vider la tête, tourner la page, mais… Je n'y arrive pas.

— Serais-tu aussi sévère, s'il s'agissait de quelqu'un d'autre que toi ? Je ne crois pas. Essaye d'apaiser ton esprit, plutôt que de tenter de le vider. Quand une pensée noire apparaît, comme ce sera forcément le cas, accepte-la avant de te concentrer à nouveau sur ta respiration.

Il la fixa, attendant sa réaction.

Lasse, elle soupira. Après tout, pourquoi ne pas essayer ? Elle ne risquait pas grand-chose. Elle s'installa alors sur le dos et posa son chapeau sur son visage. Le soleil n'était pas encore très chaud mais elle refusait de prendre le moindre risque.

— C'est bon. Je suis prête.

Finn la poussa à compter ses respirations puis à relâcher ses muscles, les uns après les autres. À sa grande surprise, le timbre calme et profond de sa voix l'apaisa instantanément. Son esprit vagabondait, comme il l'avait prévu, mais à chaque fois, elle parvenait à ramener son attention sur sa voix et sa respiration.

Lorsqu'il se tut enfin, elle se sentait légère, elle avait presque l'impression de flotter.

Finn se força à rester immobile jusqu'à ce que la respiration régulière d'Audra lui prouve qu'elle dormait, et qu'elle dormait profondément.

Il roula sur le ventre et posa son menton sur ses bras croisés. Depuis quand avait-elle arrêté de s'amuser, de prendre du plaisir ? Il la connaissait bien, depuis plus de quinze ans il passait presque toutes ses vacances avec la famille Russel. Petite, Audra était une fillette pétillante, farouchement déterminée à suivre ses frères et sœur plus âgés et à ne pas être laissée de côté. Quand avait-elle perdu cette gaieté ? À l'université ? Ou bien quand sa mère était morte ?

Karen Russel avait en effet succombé à une rupture d'anévrisme alors qu'Audra n'avait que dix-sept ans.

Était-ce à ce moment-là qu'Audra avait perdu sa joie de vivre pour devenir… l'ombre d'elle-même… Pour devenir un bourreau de travail, responsable de la branche caritative de l'entreprise familiale ? Était-ce à cause de son chagrin qu'elle s'était détournée de tout ce qui la rendait heureuse auparavant ?

Il avait bien aperçu des étoiles dans ses yeux, lorsqu'elle avait parlé d'ouvrir une boutique, mais celles-ci avaient rapidement disparu. Hélas !

Il devina qu'elle était réveillée mais fit semblant de ne pas le remarquer. Il se concentra plutôt sur sa lecture, ce qui n'était pas difficile, car son livre était captivant.

— Salut, murmura-t-elle d'une voix encore ensommeillée.

— Salut à toi. J'ignorais qu'une sieste était au programme aujourd'hui.

— Si je me souviens bien, le programme était de paresser au soleil, de lire et, éventuellement, de nager. J'étais allongée sur la plage, au soleil. J'ai donc respecté le programme à la lettre.

Elle s'étira avant de se lever d'un bond.

— J'ai bien envie d'aller piquer une tête dans la mer.

Il se leva à son tour et vit aussitôt son regard couleur azur se poser sur la cicatrice qui lui barrait le torse. Malgré son envie de la cacher, il se força à ne pas se retourner.

— Tu souffres toujours ?

— Cette blessure ne m'a jamais vraiment fait mal.

Elle fit la moue. Apparemment, elle ne le croyait pas mais elle ne lui posa pas d'autres questions sur son accident. Elle se dirigea vers la mer. Tant mieux.

Malheureusement, avec cette seule question, elle avait réussi à réveiller ses idées noires. La peur qui l'avait envahi après sa chute était en train de le gagner à nouveau.

Ce jour-là, lorsque ses skis s'étaient envolés sans qu'il ne parvienne à les maîtriser, il avait deviné que ses blessures seraient graves. Pour la première fois, il avait compris qu'il pourrait ne pas sortir vivant de cet accident. Il ne voulait pas mourir, pas encore, il avait encore beaucoup à accomplir, alors son instinct de survie avait refait surface.

Lorsqu'il s'était réveillé après l'opération, il avait éprouvé du soulagement, de la gratitude. Par contre, plus aucun de ces sports à risque, qui l'avaient tant excité par le passé, ne l'enthousiasmait. Avait-il perdu sa soif de vivre ? Non. Il n'avait pas peur non plus. Simplement…

Audra l'éclaboussa soudain, l'obligeant à chasser ses pensées.

— Je n'aurais pas parlé de ta cicatrice, si j'avais su qu'elle te rendrait triste. Mais ne t'inquiète pas, je suis sûre que les filles tomberont toujours à tes pieds avec la même régularité. Je pense même que cette cicatrice renforcera ton aura, ton charme mystérieux.

Elle pensait qu'il boudait pour des raisons… esthétiques ?

— Tu vas payer pour ça, rétorqua-t-il, l'éclaboussant à son tour.

À la fin de leur bataille d'eau, Audra riait à gorge déployée.

Sous le charme, il la prit dans ses bras mais la relâcha très vite.

— Le premier à la bouée a gagné ! lança-t-il alors pour se changer les idées.

— Ne compte pas sur moi pour faire la course ! Je me sens trop zen après cette séance de méditation. Et si tu t'en souviens bien, aucune compétition ne figure au programme du jour.

— Ce sera pour demain, alors.

Elle leva le visage en direction du soleil et ferma les yeux.

— Ne me dérange pas pendant que je profite du moment présent, s'il te plaît.

Il éclata de rire avant de plonger et de nager jusqu'à la bouée. Il ne se précipita pas, il se contenta de savourer le fait d'être enfin débarrassé de son plâtre et de pouvoir nager. Il fit cinq allers-retours avant que son bras gauche ne commence à lui faire mal… Et avant qu'il ne puisse résister à l'envie de retrouver Audra.

Il se retourna et la vit en train de faire la planche. Il ne parvenait pas à voir si elle avait les yeux ouverts ou fermés. En tout cas, elle semblait détendue. Enfin.

Un peu plus tôt, pendant leur bataille d'eau, elle avait ri et s'était amusée comme une enfant. Malheureusement, sitôt ses vacances terminées, sa bonne humeur disparaîtrait, il le devinait. Tout ça parce que sa vie ne lui procurait pas de plaisir.

Ce comportement n'était pas nouveau, il en avait la conviction. Il ne l'avait simplement pas remarqué plus tôt.

Pouvait-il aborder le sujet avec elle ? Non, mieux valait qu'il ne s'en mêle pas. De toute façon, il n'était pas le genre d'hommes à susciter les confidences.

Le plus doucement possible, il nagea jusqu'à Audra.

— Bouh !

Il n'avait pas crié, il avait parlé d'une voix normale mais en la voyant sursauter et blêmir, il regretta de l'avoir effrayée.

— Excuse-moi, je ne voulais pas te faire peur.

Elle n'était pas craintive autrefois. Que s'était-il passé pour qu'elle change ainsi ?

— Heureusement que je ne t'ai pas tiré par les pieds comme j'en avais d'abord l'intention.

Lorsqu'ils étaient adolescents, ils jouaient sans cesse à se faire couler.

— Note à moi-même, répondit-elle avec une remarquable maîtrise d'elle-même, même s'il voyait ses mains trembler : ne jamais faire de méditation dans la mer quand Finn est là.

Devait-il s'excuser ? Non. Il se retint. Inutile de la mettre encore plus sur la défensive.

— Je ne vais pas tarder à rentrer, lui annonça-t-elle avant de prendre la direction du rivage. Combien de longueurs as-tu faites ?

— Juste quelques-unes.

— Et comment va ton bras ?

Il va bien mais j'apprécierais que tu oublies mon accident, avait-il envie de répliquer. Mais elle ne méritait pas qu'il lui réponde aussi sèchement. Il lui demandait d'être honnête avec lui alors autant faire de même et se comporter comme un homme.

— Mon bras est d'une faiblesse décourageante.

— Ne t'inquiète pas, tu vas retrouver la forme. Il faut juste que tu y ailles progressivement.

Il était venu à Kyanós avec l'intention de nager et de courir tous les jours, jusqu'à retrouver la forme qui était la sienne avant son accident. Jusqu'à présent, il n'avait pas suivi ce programme et pourtant, il ne pouvait nier qu'il était plus que satisfait pour le moment de suivre son rythme lent.

De toute façon, il finirait bien par retrouver sa rage de vivre. Il devait juste laisser du temps au temps.

Il s'essuya rapidement avant de se jeter sur la glacière.

— Je meurs de faim !

Il lui lança une pêche avant d'en prendre une autre et de mordre avec délices dans la chair parfumée. Le jus sucré qui lui coulait dans la gorge avait meilleur goût que tout ce qu'il avait mangé, ces huit dernières semaines. Il laissa échapper un soupir de gourmandise et ferma les yeux.

Lorsqu'il les rouvrit, Audra était en train de le fixer avec de grands yeux ronds, de grands yeux aussi brillants que des pierres précieuses.

*Non ! Ne me regarde pas comme ça, Audra.*

Elle ne pouvait pas le regarder comme une femme regardait un homme sinon, elle risquait de lui faire perdre la tête. En fait, elle était déjà en train de lui faire perdre la tête. Tout à coup, il n'avait plus qu'une envie, tendre la main vers sa nuque, l'attirer à lui et…

Son pouls battant à toute allure, il jeta un regard en direction de la mer pour tenter de se contrôler. Oui, il voulait que ses joues retrouvent des couleurs, mais pas de cette façon. Tous les deux, ils étaient comme l'eau et le feu, incompatibles. S'il commettait une bêtise maintenant, cela aurait des répercussions sur sa relation avec toute sa famille, or les Russel et son oncle Ned étaient sa seule famille.

Il prit une profonde inspiration pour se reprendre. Il allait devoir être vigilant s'il ne voulait pas tout gâcher. Il avait l'habitude de causer des problèmes à ceux qu'il aimait, Rupert autrefois, et maintenant Joachim… Hors de question d'en causer également à Audra. Ils étaient amis, uniquement amis, et resteraient amis.

— Veux-tu aller courir ?

Pour toute réponse, elle le regarda comme s'il avait perdu la tête et s'éloigna.

— Tu ne me connais donc pas ?

— Ça valait le coup d'essayer.

— Pas de course, pas de compétition, ce sont les règles du jour. Je vais plutôt aller me balader dans les rochers.

Il la suivit, parce qu'il ne pouvait pas s'en empêcher. Et parce qu'une question le taraudait et qu'il savait qu'il deviendrait fou, s'il ne la posait pas.

Il attendit quelques minutes avant de se lancer d'une voix mal assurée.

— Audra ?

— Hum ?

— Qu'est-ce que ce salaud de Farquard t'a fait ?

Elle s'arrêta net, comme figée, avant de se tourner très lentement vers lui.

— Excellente tactique, Sullivan. Une femme refuse de courir alors tu te venges en lui posant une question gênante.

Les mains sur ses hanches, elle le regarda droit dans les yeux avant de reprendre :

— Et toi, quelle est cette femme que tu essayes d'éviter, à Nice ?

Ainsi, Rupert lui en avait parlé !

— Réponds à ma question et je répondrai à toutes celles que tu te poses.

— À toutes mes questions ?

Elle semblait surprise.

— Oui, à toutes tes questions.

# 5.

Il répondrait à toutes ses questions ? À chaque fois ? Voilà une excellente nouvelle.

— Marché conclu.

— Très bien. Raconte-moi ce qui s'est passé avec Farquard.

Elle s'installa sur un rocher et Finn l'imita.

— Est-ce difficile d'en parler ?

Elle haussa les épaules.

— Personne n'aime reconnaître ses erreurs… Des erreurs dont les conséquences auraient pu être gravissimes. D'ailleurs, je suis surprise que tu ne sois pas au courant.

— Je connais les grandes lignes de l'affaire, celles qui ont été rendues publiques, mais j'imagine qu'il y a plus.

— En effet, il y a plus.

Elle vit son regard brillant se poser sur ses mains, sur ses cuisses, et son cœur se mit à battre un peu plus vite dans sa poitrine. Stop. Elle ne pouvait pas s'emballer ainsi.

Elle prit une profonde inspiration et son pouls se calma enfin.

— Ce que tout le monde sait, c'est que Thomas Farquard et moi étions ensemble depuis plus de sept mois.

— Qu'est-ce qui t'a fait craquer pour lui ?

— Il était gentil, attentionné… Et il semblait sincère.

Son soutien constant et son intérêt pour tout ce qui lui tenait à cœur l'avaient touchée, et séduite.

— Il est clair aujourd'hui qu'il ne sortait avec moi qu'avec l'espoir de voler les secrets de l'entreprise.

Rien que d'y repenser, et le poids de la honte l'étouffait à nouveau.

La Russel Corporation, créée par son grand-père suisse soixante ans plus tôt, était au départ spécialisée dans l'horlogerie, mais elle était désormais constituée de diverses firmes, dont une importante branche caritative. Son père en était le P-DG, Rupert s'occupant de la gestion quotidienne.

Ses frères et sœur étaient tous très impliqués dans les actions humanitaires, chacun à leur manière, tout comme ses parents et ses grands-parents l'avaient été dans leur jeunesse.

Son rôle à elle était de superviser toutes les opérations caritatives, depuis la livraison des équipements et des biens nécessaires jusqu'à l'organisation de divers événements, en passant par les demandes de subventions gouvernementales. Et pendant son temps libre, elle collectait des fonds. Une activité trépidante.

Ces cinq dernières années, sa sœur Cora, une scientifique, avait travaillé au développement d'un nouveau vaccin contre le virus Ebola. Si un tel vaccin pouvait sauver un nombre incalculable de malades, il pouvait également rapporter des millions aux sociétés pharmaceutiques.

— Thomas s'intéressait aux recherches de Cora. Nous savons maintenant qu'il travaillait pour une société pharmaceutique rivale. Notre rencontre, lors d'un dîner, était tout sauf accidentelle.

Du coin de l'œil, elle vit Finn hocher la tête mais elle ne parvenait pas à le regarder droit dans les yeux.

— Certains soirs, je prenais mon ordinateur portable pour me connecter rapidement, vérifier un point dans un dossier, ou envoyer un message. Thomas en a profité pour subtiliser mon mot de passe.

— Plusieurs mots de passe devaient être nécessaires pour accéder aux données de Cora.

— Oui, et chacun des projets possédait son propre

pare-feu. Thomas avait aussi placé des caméras partout dans mon appartement.

— Comment… ?

— Comment y a-t-il eu accès ? Je lui avais donné une clé, tout simplement.

Elle avait offert un accès illimité à son appartement à un espion… Un cauchemar ? Non, l'horrible réalité. Hélas.

— Quand je repense aujourd'hui à tous ces dîners romantiques qu'il me préparait, c'était son excuse pour que je lui donne une clé, j'en ai la nausée.

— Avait-il installé des caméras dans ta chambre ?

— Non. Dieu merci !

Il n'était pas tombé aussi bas.

— Malgré tout, il a pu m'observer dans des situations délicates. Je sais que tout cela est insignifiant, par rapport à la tentative d'espionnage industriel, mais cela me rend tout de même folle de rage.

— Quel genre de moments gênants ?

— Je ne sais pas… Il a pu me voir utiliser du fil dentaire ou me tortiller dans tous les sens pour enfiler un collant.

Sans un mot, il passa son bras par-dessus son épaule et l'attira à lui. Elle se lova contre son torse et, pendant quelques instants, s'imprégna de sa chaleur et du réconfort qu'il lui offrait.

— Ce salaud s'est moqué de moi ! Et moi, comme une idiote, je ne me suis doutée de rien. Naïvement, je croyais qu'il m'aimait.

Il la serra un peu plus fort.

— Il faut vraiment être le dernier des imbéciles pour choisir l'argent plutôt que toi, ma chérie.

Il déposa un baiser sur ses cheveux et les larmes lui montèrent aussitôt aux yeux. Elle les refoula tant bien que mal. Hors de question de se laisser aller et de pleurer.

— Arrête !

Honteuse, elle le repoussa et s'éloigna.

— Arrête d'être aussi gentil avec moi. Ma stupidité a failli coûter à Cora des années de recherche.

— Mais ce n'est pas le cas.

Heureusement !

Les fichiers que Thomas avait subtilisés étaient anciens et, bien qu'aux yeux d'un observateur extérieur les formules et les théories aient pu paraître impressionnantes, elles n'étaient ni nouvelles, ni révolutionnaires. Elle n'avait pas accès aux informations que recherchait Thomas pour la simple et bonne raison qu'elle n'en avait pas besoin, au quotidien. Mais cela, ce salaud l'ignorait.

— Rupert ne t'a pas raconté tout cela ?

— Il n'a jamais mentionné les caméras.

Elle se réinstalla sur son rocher.

— Farquard t'a-t-il brisé le cœur ?

— Non. En fait, je commençais à étouffer dans cette relation, alors ce jour-là, je lui ai annoncé que je voulais rompre.

— Comment a-t-il réagi ?

Elle prit une profonde inspiration pour se donner du courage.

— Il m'a enfermée dans le placard de l'entrée.

Elle se tut, se tourna vers lui et le regarda droit dans les yeux. Son visage était fermé, son regard noir, mais il demeura silencieux.

— Je pense qu'il a paniqué quand je lui ai demandé de me rendre ma clé. Il m'a donc enfermée et a volé mon ordinateur avant de prendre la fuite.

— Combien de temps es-tu restée enfermée ?

— Toute la nuit.

Et cette nuit avait été la plus longue de toute sa vie.

— Comment t'en es-tu sortie ?

— Il a fait l'erreur d'utiliser mon code d'accès pour entrer dans mon bureau, très tôt le lendemain matin. Il pensait sans doute être seul mais Rupert, qui rentrait de voyage et souffrait du décalage horaire, était déjà présent. Il a vu la lumière allumée dans mon bureau et a donc décidé de passer me voir. Et il est tombé nez à nez avec Thomas en train de fouiller dans mes dossiers. La première chose qu'il a faite a été d'appeler la sécurité. La deuxième a été de tenter de me joindre sur ma ligne fixe, puis sur mon portable. Comme je ne répondais pas et qu'il avait la clé de mon appartement…

— Il est allé chez toi et t'a libérée.

— Oui.

Jamais elle n'avait été aussi heureuse de voir son grand frère !

— Quand j'ai découvert l'ampleur du double jeu de Thomas, je n'avais plus qu'une envie, retourner me cacher dans le placard, tellement j'avais honte.

— Mon cœur…

Elle lui fit à nouveau signe de se taire.

— Je sais ce que tu vas dire alors tu peux t'abstenir. Rupert m'a déjà fait la leçon.

*Rien de tout cela n'est ta faute. N'importe qui peut se faire berner par un escroc…*

À bout, elle fixa l'horizon. Malheureusement, sa beauté ne parvenait pas à l'apaiser. Elle s'était laissé séduire par un homme dont la gentillesse lui avait fait perdre la tête, un homme qui semblait vouloir soutenir ses rêves les plus secrets… Personne ne s'était intéressé à ce point à elle depuis la mort de sa mère.

Hélas, tout cela n'était qu'illusion et, par faiblesse, elle avait baissé la garde. Elle était tombée dans le piège, tout simplement.

Cet incident aurait pu causer des dommages irréparables à la carrière de Cora, sans parler de la réputation de la Russel Corporation…

— Donc maintenant, tu regardes avec suspicion tous les gens que tu rencontres, tu te demandes si tu peux leur faire confiance ou s'ils vont essayer de profiter de toi.

Exactement.

Tout à coup, elle avait envie de plonger dans la mer, de nager jusqu'à perdre haleine pour tout oublier. La crique n'était pas très loin de la plage où ils avaient laissé leurs affaires, elle pourrait y aller à la nage… Sauf que Finn la suivrait, or il avait déjà fait assez d'efforts pour la journée.

Elle se retourna et riva son regard au sien.

— J'ai l'impression d'entendre la voix de l'expérience.

— C'est ce que je ressentirais, si j'étais à ta place.

— La seule différence, c'est que tu ne te serais jamais retrouvé à ma place, tu n'aurais jamais été aussi stupide.

Sans un mot de plus, elle reprit le chemin de la plage.

— J'ai fait des bêtises bien plus graves, dans la vie.

Vraiment ? Surprise, elle se retourna. Il la fixait avec des yeux aussi tourmentés que la mer Égée un jour de tempête. Elle n'insista pas mais retint l'information. Elle l'interrogerait à ce sujet un autre jour.

— Même Rupert n'est pas à l'abri d'une erreur. S'il avait été un peu plus clairvoyant, il n'aurait pas laissé Brooke Manning lui briser le cœur.

— Il était jeune et nous pensions tous qu'elle l'aimait autant que lui l'aimait.

Il haussa un sourcil et elle leva une main pour l'empêcher de répliquer.

— Je sais ce que tu vas me dire. C'est juste que… L'erreur de Rupert n'a blessé personne d'autre que lui-même, tandis que mon erreur aurait pu réduire à néant le travail de Cora et ruiner…

Il l'interrompit en posant ses mains brûlantes sur ses épaules.

— Mais ce n'est pas arrivé, alors concentre-toi plutôt sur ce qui s'est réellement passé. Je suis persuadé que tu peux trouver des points positifs.

— Des points positifs à cette manipulation ? Je me demande bien lesquels.

— N'oublie pas que ce salaud a été filmé, lui aussi.

Elle leva les yeux vers lui et, plongeant dans ses souvenirs, esquissa un sourire.

— Oh ! mon Dieu ! Il voulait que je reconsidère ma décision de rompre et que je lui donne une autre chance… Je lui ai répondu que nous pouvions rester amis.

Il posa une main sur son cœur et fit mine d'avoir reçu un coup de poignard.

— Aïe !

— Il a fait les cent pas et…

— Et ?

— Eh bien, il a pleuré. C'étaient évidemment des larmes de crocodile, mais je l'ignorais, à ce moment-là. Je suis allée chercher une boîte de mouchoirs, et sur le chemin de ma chambre, je suis passée devant une caméra, dont j'ignorais la présence, et j'ai fait une grimace, comme si j'avais envie de vomir.

Elle refit cette grimace et il éclata de rire.

— Son ego a dû en prendre un coup, quand la police lui a montré ces images.

Peu lui importait que Thomas l'ait vue en train de se goinfrer de chocolat ou de danser, en culotte, sur de la musique pop. Maintenant, à chaque fois qu'elle penserait à lui, elle penserait surtout à sa grimace.

Soudain plus légère, elle se tourna vers Finn.

— Merci.

— De rien.

Ils atteignirent la plage, secouèrent leurs serviettes pour les débarrasser du sable avant de s'engager sur le chemin menant à la villa.

— Audra ?

— Hum ?

— Je suis désolé de t'avoir fait peur, quand je suis arrivé, l'autre soir.

— Tu n'as pas fait exprès.

À entendre sa voix, elle devinait qu'il ferait tout pour que cela ne se reproduise jamais.

Qu'il la traite comme une petite chose fragile aurait pu l'irriter mais à sa grande surprise, sa sollicitude lui faisait plaisir. Elle lui réchauffait le cœur, elle la réconfortait.

— J'imagine que maintenant, je dois répondre à ta question concernant la femme que je cherche à fuir.

— Non. Tu me dois bien une réponse à une question, c'était le marché, mais je ne vais pas gâcher mon droit à une question vérité pour une stupide histoire d'amour qui a mal tourné.

Il demeura silencieux pendant un moment avant de reprendre.

— Quelle question vas-tu me poser, alors ?

— Je ne sais pas encore. Quand je le saurai, je te la poserai.

Il devrait alors tout arrêter pour y répondre.

Installé sur la terrasse, Finn étudia Audra. Elle avait refusé les œufs et le bacon qu'il lui avait proposés pour le petit déjeuner, préférant manger des céréales. La prochaine fois qu'ils iraient au village, il lui achèterait des croissants.

— Pourquoi me regardes-tu ainsi ?

Il voulait juste s'assurer qu'elle mangeait suffisamment. Mais elle lui en voudrait s'il lui avouait qu'il surveillait son alimentation.

— Je me demandais si ton corps chétif serait à la hauteur du défi du jour.

Une étincelle s'alluma dans le fond bleu glacé de ses yeux puis elle hocha la tête, comme si elle comprenait qu'il ne faisait que la provoquer.

— Ce corps chétif, puisque c'est ainsi que tu l'appelles, a très envie de paresser sur la plage.

— Bien essayé, mais c'est à moi de décider, aujourd'hui.

— Quelle torture as-tu prévue pour moi ?

— Tu verras.

Pour le moment, il préférait garder la surprise mais une chose était sûre, il était déterminé à faire en sorte qu'elle soit plus en forme quand elle quitterait l'île que quand elle y était arrivée.

— Tu veux que… Quoi ?

Audra lui adressa un regard horrifié et il se força à ne pas éclater de rire.

— Je voudrais que nous fassions du jogging sur la plage.

— Mais… Pourquoi ? Quel est l'intérêt ?

— Faire de l'exercice améliore l'humeur.

Adolescent, le sport avait été pour lui un moyen d'exorciser ses démons. Aujourd'hui, il l'aidait à rester en forme et à se sentir fort.

Et il aimait se sentir fort et en forme.

Allait-elle faire une remarque sur les activités qui amélioraient son humeur ? Non, Dieu merci. Elle se contenta de le dévisager, ses mains sur ses hanches faisant remonter la chemise soyeuse qu'elle portait par-dessus son maillot de bain, dévoilant quelques centimètres supplémentaires de sa peau laiteuse.

Troublé, il se força à détourner le regard.

— À part ta démonstration de mauvais caractère lorsque tu es arrivé, tu es de bonne humeur, depuis que tu es ici.

— Tu fais référence au moment où la police m'a menotté ? J'aimerais voir ta réaction dans une telle situation !

Elle lui adressa un sourire malicieux et il devina qu'elle avait obtenu la réaction qu'elle désirait. Elle jouait avec lui et, comme un imbécile, il était tombé dans le piège.

Il tombait toujours dans ses pièges.

Mais elle avait raison, son humeur était bonne, ce qui était surprenant parce qu'il enrageait, quand il était à Nice.

En fait, il enrageait depuis son accident.

Il repoussa ce souvenir. Inutile de repenser à son accident.

— Et nous voulons tous les deux que je reste de bonne humeur.

— C'est vrai. Le problème, c'est que la plage fait au moins deux kilomètres de long.

Il laissa son regard descendre vers sa bouche boudeuse. Il ne voulait pas la forcer. Si l'idée de courir lui répugnait à ce point…

— Y a-t-il une raison médicale qui t'empêche de courir ?

— Non. Et toi ?

— Aucune. Je ne peux pas encore courir quinze kilomètres mais deux kilomètres, à un rythme doux, aucun problème.

Il avait vérifié auprès de ses médecins.

— Je travaille dans un bureau, je suis assise toute la journée, je ne suis pas certaine de pouvoir courir une telle distance sans entraînement.

Voilà donc pourquoi elle hésitait ! Elle avait peur de ne pas pouvoir le suivre.

— Même blessé, tu es très musclé et…

— Si tu es trop fatiguée pour aller jusqu'au bout, nous marcherons.

— Tu ne me reprocheras pas de te ralentir ?

— Je te le promets.

— Pas de sarcasme ? Pas de moqueries ?

Pour toute réponse, il lui sourit.

— Eh bien, dans ce cas-là…

Comme promis, ils démarrèrent lentement.

Audra était un peu raide mais au bout de quelques minutes, elle trouva son rythme et il ne put s'empêcher d'admirer son courage.

Malheureusement, cette satanée queue-de-cheval menaçait son self-control à chaque fois qu'il regardait dans sa direction. Elle lui faisait perdre son rythme et s'écarter de sa trajectoire.

Au bout de cinq minutes, Audra était couverte d'une fine couche de sueur et, peu à peu, des images osées de son corps nu l'envahirent, lui donnant le vertige, faisant grimper sa température en flèche.

Soudain, elle posa ses mains sur ses seins et il fut une nouvelle fois troublé par ce spectacle d'un érotisme fou.

Elle s'arrêta et il l'imita, soulagé. Il était prêt à exploser.

— Tu aurais dû me prévenir que nous allions courir autant ! J'aurais mis un soutien-gorge adapté.

De quoi parlait-elle ? Il ne comprenait pas.

— Courir sans soutien-gorge est douloureux.

Ah… Il n'avait pas réfléchi à ce point. Elle n'avait pas une forte poitrine mais elle avait néanmoins des formes et…

— Et pendant qu'on y est, je préfère porter des chaussures de sport plutôt que de courir pieds nus.

Honteux, il baissa les yeux.

— Nous allons marcher le reste du chemin, si tu veux.

Marcher à côté d'elle était une véritable torture. À chaque inspiration, son parfum fruité l'enivrait.

Du coin de l'œil, il ne pouvait s'empêcher de suivre les mouvements ensorcelants de sa queue-de-cheval. Il ne parvenait pas non plus à oublier l'image troublante d'Audra croisant les bras sous ses seins pour supporter leur poids.

Lorsqu'ils atteignirent enfin la falaise au bout de la plage, elle tapa dans sa main.

— J'y suis arrivée mais mon humeur ne s'est pas améliorée.

Il la dévisagea. Tout en elle le séduisait et lui faisait perdre la tête.

Il avait besoin d'un temps mort, d'un peu de distance. Tout de suite.

Elle l'étudia de la tête aux pieds.

— Regarde-toi, tu ne transpires même pas !

Pas sur les parties visibles de son corps, en tout cas ! Mais il allait devoir plonger dans l'eau fraîche très vite, s'il ne voulait pas qu'elle découvre l'effet qu'elle lui faisait.

— Je te propose que nous rentrions à la nage.

Tout à coup, la perspective de plonger dans l'eau fraîche lui semblait une excellente idée.

— Pourquoi ne pas l'avoir dit plus tôt. J'aurais laissé ma chemise à la maison.

Personnellement, il était heureux qu'elle ne l'ait pas fait. Moins il voyait son corps, mieux il se portait.

— Elle séchera en quelques minutes, ne t'inquiète pas.

— Elle va me gêner pour nager.

Incapable de prononcer le moindre mot, il demeura silencieux.

— Tu penses que c'est une excuse bidon, n'est-ce pas ?

Mieux valait sans doute qu'elle se trompe dans l'interprétation de son silence plutôt qu'elle découvre la vérité.

— Très bien. Si tu insistes…

Elle passa sa chemise par-dessus sa tête avant de lui jeter au visage. Il ne répondit pas. Sous le choc, sous le charme, il se força à ne pas s'attarder sur la sensualité de ses hanches, sur la longueur de ses jambes ou la rondeur de ses seins.

— Je vais nager pendant que tu gardes ma chemise au sec.

Elle, dans l'eau et lui, sur la plage ? Pourquoi pas.

— Mais quand nous arriverons à l'autre bout, nous ne bougerons plus jusqu'à l'heure du déjeuner.

— Marché conclu !

À vrai dire, il était impatient de poursuivre sa lecture.

Il la suivit du regard depuis le rivage, juste au cas où, et la regarda alterner crawl et brasse. Son rythme lent lui convenait parfaitement. Il lui permettait de retrouver son équilibre, et, surtout, de se rappeler à quel point il était redevable à Rupert.

Or cela voulait aussi dire qu'Audra n'était pas pour lui. Il en aurait peut-être été autrement, s'il avait eu l'intention de se poser dans la vie, mais ce n'était pas le cas. Oui, il avait l'impression d'être à une étape charnière de son existence, mais cela ne voulait rien dire. Les séquelles de son accident disparaîtraient très vite et il partirait sans attendre à la recherche d'un nouvel exploit sportif à réaliser.

— Du jet-ski ?

Le regard d'Audra n'était pas horrifié, plutôt consterné.

— Nous avons lézardé sur la plage, bouquiné, il est maintenant temps de nous amuser.

— Le jet-ski est une activité dangereuse, non ?

— Moins que la moto car si tu tombes, tu ne te fais pas mal.

Du moins, pas à la vitesse à laquelle ils iraient.

— De toute façon, nous allons prendre un cours, avant.

Il aurait pu lui apprendre tout ce qu'il était nécessaire de savoir mais il était arrivé à la conclusion qu'il serait peut-être plus sage de ne pas s'approcher trop près d'Audra.

Elle regarda les jet-skis qui bondissaient dans la baie.

— Traite-moi de mauviette si tu veux, mais j'ai le pressentiment que je vais avoir des courbatures, demain.

— Si c'est le cas, le meilleur remède sera une course sur la plage suivie d'une bonne séance de natation.

— Dans tes rêves !

Il sourit, heureux de voir ses yeux couleur lagon pétiller à nouveau.

— Nous sommes ici pour nous amuser, Audra. Juste pour nous amuser.

— Bon, d'accord.

Sans attendre, ils rejoignirent leur groupe.

Il pensait trouver le temps long, mais regarder Audra se concentrer pour tenir le guidon du jet-ski l'amusait beaucoup.

Pendant l'heure suivante, ils firent le tour de la baie afin de tester ses nouvelles compétences. Il ne s'élança pas tout seul à grande vitesse. Il n'avait pas envie qu'elle le suive et lui en veuille ou pire, qu'elle se blesse.

Quand ils rendirent les jet-skis, elle sautillait comme une petite fille excitée. Elle resplendissait.

— Jamais je ne me suis autant amusée !

Il essaya d'arrêter de la fixer, d'oublier ses lèvres gourmandes, ses interminables jambes, ses cheveux soyeux… Impossible, elle l'avait ensorcelé.

À l'idée de passer la soirée en tête à tête avec elle, dans la villa de Rupert, des gouttes de sueur perlèrent sur son front.

— Une bière ?

Mieux valait sans doute traîner dans la foule un peu plus longtemps.

— Avec plaisir.

Ils avancèrent sur le ponton en bois et il l'observa du coin de l'œil. En deux jours seulement, elle s'était métamorphosée. Il avait l'impression qu'elle revivait.

Mais pourquoi était-elle si déterminée à rester toujours raisonnable ? Pourquoi ne se détendait-elle pas, de temps en temps ? Pourquoi… Les questions qui l'assaillaient étaient nombreuses mais il les refoula. Audra n'était pas le genre de femmes à s'épancher, il le savait.

Ils commandèrent des bières dans un bar sur la plage et s'installèrent à une table, à l'ombre d'un jasmin en fleurs.

— J'ai passé une excellente journée, Finn. Merci beaucoup.

— Malgré la course de ce matin ?

— Non, la course était horrible. Même avec l'équipement adapté, je n'aimerai jamais courir. Mais nager était agréable. À la maison, je devrais pouvoir trouver une salle de sport qui possède une piscine.

Elle allait continuer à faire de l'exercice en rentrant chez elle ? Excellente nouvelle !

— Tu ne m'as toujours pas posé ta question, lui fit-il soudain remarquer.

— Je te l'ai déjà dit, je n'ai pas envie d'en savoir plus sur cette femme. Je n'ai pas envie de gâcher mon droit à une question pour elle.

Devait-il lui parler de Trixie sans attendre ses questions ? Il hésitait. Trixie n'avait pas la moindre idée de l'endroit où il se trouvait, elle ne pouvait donc pas lui causer de problèmes, ni à Joachim, ni à Audra.

— N'y a-t-il rien de personnel que tu veuilles me demander ? lança-t-il avant de croiser les bras derrière sa tête.

# 6.

Finn savait-il à quel point il était beau quand il s'étirait ainsi, les bras croisés derrière la tête ? En tout cas, il ne le faisait pas exprès. Pour lui, flirter était aussi naturel que respirer. Malgré tout, elle ne parvenait pas à taire son envie de se lover sur ses genoux, de passer sa main sur sa barbe de trois jours et d'attirer ses lèvres sensuelles jusqu'aux siennes.

À cette idée, sa gorge se noua instantanément et son cœur s'emballa. Tout à coup, elle avait le vertige.

C'était l'ambiance romantique de cette idyllique île grecque, combinée à l'euphorie qu'elle avait ressentie à bord du jet-ski, qui l'enivrait ainsi. Rien de plus. C'était l'unique raison pour laquelle elle avait soudain envie d'oublier toute retenue et de s'abandonner.

Elle posa ses mains sur ses genoux pour tenter de maîtriser ses émotions. Elle était raisonnable, d'habitude. La folie, la spontanéité, ce n'était pas pour elle. Jamais.

— Laisse tomber, reprit Finn. Ne pose pas ta question. Je n'aime pas les lueurs que je vois dans tes yeux. Tu as le regard d'une fille coincée.

— Je ne suis pas coincée !

— Chérie, personne n'est aussi coincée que toi !

Elle ne riposta pas. Après tout, il ne faisait que jouer avec elle.

— Je sais très bien ce que tu es en train de faire. Tu fais de la psychologie inversée. Tu me dis de ne pas te poser une question dans l'espoir que je te la pose quand même.

— Et cela fonctionne-t-il ?

— Pourquoi insistes-tu à ce point pour que je te pose une question ?

— C'est ça, ta question vérité ?

— Ne sois pas ridicule !

À bout, elle réprima un soupir. Il était en train de la rendre folle !

Tout cela, c'était la faute de Rupert. Si son frère ne lui avait pas ordonné de ne pas tomber amoureuse de Finn, elle ne serait pas en train d'envisager cette possibilité, elle ne rêverait pas de l'embrasser, ni de découvrir la sensation de ses lèvres sensuelles.

Une bouffée de chaleur l'envahit et sa bouche s'assécha un peu plus. Si seulement elle pouvait arrêter de rêver à lui et bloquer ces pensées osées qui envahissaient sans cesse son esprit... Pour l'amour du ciel, c'était elle, la fille raisonnable de la famille ! Elle ne faisait pas de vagues, jamais, ce n'était pas son genre. Et ce ne serait jamais son genre.

Le regard fixé sur le port, elle but une nouvelle gorgée de bière. Voilà ce qui arrivait lorsqu'elle se laissait aller et s'autorisait à agir de façon spontanée ! Elle perdait la tête et avait ensuite du mal à se ressaisir.

Finn pouvait bien la traiter de fille coincée, si cela l'amusait, elle préférait se dire qu'elle possédait un self-control hors du commun.

— On dirait que nous sommes en train de réinventer le mythique jeu action ou vérité, reprit-il en la sortant de ses pensées. Malheureusement, je ne suis pas certain d'être motivé.

Il se tut et retroussa les lèvres en un sourire coquin. Aussitôt, elle retrouva le Finn qu'elle connaissait si bien, l'ami joueur, rieur, toujours partant pour de nouvelles expériences.

D'ailleurs, lui qui aimait la vitesse, leur séance de jet-ski avait dû lui paraître bien ennuyeuse, tout à l'heure. Ce qui signifiait qu'il devait être en manque, que son amour du danger allait vite lui revenir et l'inciter à prendre des risques inutiles. Elle allait donc devoir le distraire afin qu'il ne fasse rien de stupide, ces prochains jours.

— Je te comprends. Admettre la vérité peut être dangereux.

Il ne répondit pas.

— Et pourtant, tu veux toujours que je te pose une question potentiellement dangereuse ?

— Si tu es partante, je suis partant.

Depuis le coup de téléphone de Rupert, une question lui trottait dans la tête.

— Pourquoi fuis-tu tout engagement sentimental sérieux ?

— C'est ça que tu veux savoir ?

Apparemment, il ne s'attendait pas à cette question.

— Je suis curieuse. Quand Rupert m'a mise en garde, il a dit que tu n'étais pas du genre à accepter une relation au long cours.

Pour toute réponse, il hocha la tête avant de baisser les yeux vers son verre désormais vide.

— Tu n'as pas le courage de me répondre ?

Il appela le serveur, commanda une eau pétillante avec une rondelle de citron et elle fit de même.

— Je n'ai pas besoin de courage pour te dire la vérité.

— Tu pourrais te contenter de répondre que tu n'as pas encore rencontré la femme idéale et ce serait réglé.

— Mais ce serait mentir, et mentir est contraire aux règles du jeu.

— Ah… Tu as donc rencontré la femme idéale ?

Était-ce cette Trixie, celle qui lui avait envoyé un message ?

— Tu me poses là une question tout à fait différente. Si tu préfères que je réponde à celle-ci…

— Je vais m'en tenir à ma question initiale, merci.

Le serveur apporta leurs boissons et Finn attendit le départ du jeune homme avant de reprendre.

— Tu connais les circonstances de la mort de mon père, n'est-ce pas ?

— Il est mort au cours d'une expédition de spéléologie, quand tu avais huit ans.

— Il adorait les sports extrêmes. Il était accro à l'adrénaline. Il semble d'ailleurs que j'aie hérité de ce trait de caractère.

Elle fronça les sourcils.

— Pourquoi grimaces-tu ?

— Je me demande juste si on peut hériter de l'amour du risque comme on peut hériter de pupilles noires ou bleues ?

— L'intelligence peut faire partie de l'héritage, le mauvais caractère aussi et… Au fait, pourquoi cette question ?

— Je m'interroge, c'est tout.

— Non, ce n'est pas tout, je le sais.

En effet. Autant lui dire la vérité.

— J'ai toujours pensé que les défis sportifs auxquels tu participais étaient pour toi un moyen d'entretenir la mémoire de ton père, de lui rendre hommage.

Elle se tut et tenta de mesurer l'impact de ses paroles sur lui. Son visage était de plus en plus fermé.

— Je ne te juge pas. Je ne dis pas que c'est bien ou mal.

— Est-ce important de savoir si mon amour du risque fait partie de mon héritage génétique ?

— Évidemment ! Si c'est un gène dont tu as hérité, cela signifie qu'il fera toujours partie de toi. Dans l'autre cas, tu pourrais décider un jour que tu as suffisamment rendu hommage à ton père.

Le regard toujours noir, il repoussa sa chaise en arrière, comme pour s'éloigner d'elle.

— Tu m'avais prévenu que ce jeu pouvait être dangereux.

— Nous ne sommes pas obligés de poursuivre cette conversation, si tu ne le souhaites pas.

— Tu ne veux pas savoir ?

D'un doigt, elle essuya la condensation sur son verre. Il était honnête avec elle, elle devait l'être également.

— Si, je veux savoir.

— Alors je vais te répondre. La mort de mon père a été très difficile pour ma mère.

Jeremy Sullivan était un sportif australien qui, pendant quelque temps, avait détenu le record du monde du quatre cents mètres papillon. Claudette Dupont, la mère de Finn, travaillait à l'ambassade de France à Canberra. Ils s'étaient rencontrés, étaient tombés amoureux et s'étaient installés en Europe où Jeremy s'était lancé dans une vie d'aventures et de records financée par de lucratifs contrats publicitaires.

Leur style de vie avait pu faire des envieux. Ils parcouraient le monde, Jeremy enchaînant les exploits, parachute, bobsleigh, kayak en eaux vives… Malheureusement, cette vie s'était terminée en tragédie quand un accident de spéléologie lui avait coûté la vie.

— Ta mère était trop jeune pour devenir veuve.

Et Finn était trop jeune pour se retrouver orphelin de père.

— Elle avait tout abandonné pour le suivre dans ses aventures, son travail, ses amis, sa maison… Du jour au lendemain, elle s'est retrouvée seule.

— Elle t'avait, toi.

— Je n'étais pas suffisant.

La douleur qu'elle voyait dans son regard lui serra le cœur.

— Que s'est-il passé ?

Elle savait que sa mère était morte, mais elle ignorait les détails.

— Elle s'est effacée, petit à petit. Elle a développé des maladies mystérieuses qui l'obligeaient à séjourner fréquemment à l'hôpital. Quand elle était à la maison, elle passait beaucoup de temps au lit.

— C'est à ce moment-là que ton oncle Ned est venu s'occuper de toi.

Le frère de son père avait déménagé en Europe pour être avec Finn et Claudette.

— Il a emménagé à la maison et s'est occupé de nous deux. J'avais onze ans quand ma mère est morte, officiellement d'une overdose accidentelle d'analgésiques.

Quelle triste histoire, quel gâchis !

— Selon mon oncle, elle a succombé à un cœur brisé.

Selon elle, Claudette Sullivan avait surtout laissé tomber son fils. Savoir qu'il avait été délaissé, alors qu'il n'était qu'un petit garçon, lui déchirait le cœur.

— Cela a dû être difficile pour Ned. Perdre son frère puis voir ta mère sombrer… Il a dû se sentir impuissant.

— Il a toujours pensé que mon père n'aurait jamais dû se marier s'il n'était pas décidé à se poser.

— Toutes les familles sont différentes, il n'y a pas de modèle unique.

Il demeura silencieux, alors elle reprit.

— Que s'est-il passé, après la mort de ta mère ?

Il but une longue gorgée avant de répondre.

— Ned m'a inscrit à la pension de l'École internationale de Genève. C'était plein de garçons turbulents comme moi et le programme proposait une foule d'activités destinées à nous occuper et à nous empêcher de faire des bêtises.

— D'après ce que j'ai entendu dire, cela ne t'a pas empêché de faire quelques faux pas.

Il sourit.

— Ned venait me voir tous les week-ends. Je ne me suis jamais senti abandonné.

Pas par Ned, non, mais par sa mère ? Sans doute.

— C'est là-bas que tu as rencontré Rupert.

— Oui, et j'ai immédiatement été adopté par le clan Russel.

— Malgré ton amour du risque.

— J'ai toujours été attiré par les activités les plus dangereuses proposées par l'école… Et avec l'âge, ce goût du risque n'a pas disparu. Rien ne vaut la sensation de survoler une montagne en parapente ou de surfer sur des vagues de dix mètres.

— Ou de se jeter d'un tremplin de ski les yeux fermés ! ajouta-t-elle d'un ton ironique en faisant référence à sa dernière sortie de piste.

— Les accidents, ça arrive.

Malheureusement, dans les sports extrêmes, les accidents pouvaient avoir des conséquences fatales.

— Ned n'a jamais essayé de te freiner ?

— Il était trop intelligent pour cela. J'étais tellement déterminé qu'il savait que cela ne fonctionnerait pas. Selon lui, ce sont les refus de ma grand-mère qui ont poussé mon père à prendre encore plus de risques. Tant que j'étais mineur et que j'avais besoin de sa signature, il s'assurait juste que je bénéficie du meilleur entraînement possible. Lorsque j'ai eu dix-huit ans, je lui ai promis de ne jamais prendre de risques inutiles et d'être le plus formé et entraîné possible. En même temps, je me suis juré de ne jamais m'engager dans une relation amoureuse sérieuse tant que je pratiquerais les sports extrêmes. Je refuse de faire subir à une femme ce que mon père a fait subir à ma mère.

— As-tu déjà été tenté de rompre cette promesse ?

— Je ne romps jamais mes promesses.

Ce n'était pas une réponse. C'était surtout un rappel détourné de la promesse qu'il avait faite à Rupert.

Comme si elle était capable de l'oublier !

— Mais tu n'aimerais pas, un jour, avoir une relation sérieuse ? Tu n'aimerais pas prendre moins de risques ?

Ses yeux se mirent soudain à briller de malice.

— Ce sont des questions différentes et je crois déjà avoir répondu à la première.

Bon sang ! Elle serra les poings. Pourquoi prenait-il un malin plaisir à aiguiser sa curiosité ?

Finn se retint de rire en voyant la déception se peindre sur le visage d'Audra. Elle semblait déçue de ne pas voir sa curiosité satisfaite.

Il devrait sans doute la laisser tranquille mais, pour être honnête, il aimait jouer avec elle.

— Je te propose un marché.

— Question contre question, c'est ça ?

— Oui.

Elle le dévisagea, comme pour lire en lui et tenter de deviner ses intentions, mais il se força à rester impassible.

— Tu dois t'ennuyer, en ce moment.

Il ne s'ennuyait pas, avec elle. Au contraire, même.

— Ma vie est calme ces derniers temps, c'est vrai.

— Et tu trouves que c'est difficile ?

Quand il était à Nice, oui, mais maintenant… Pas vraiment. Ce qui n'avait aucun sens.

— Disons que ce repos forcé est une expérience nouvelle.

Comme hypnotisé, il la dévisagea, mourant d'envie d'embrasser ces lèvres couleur cerise jusqu'à ce que… Stop !

Il se força à se reprendre.

— Es-tu prête à répondre à ma question vérité ?

— Je ne sais pas. Je vais y réfléchir.

— De quoi as-tu peur ?

Pour toute réponse, elle réajusta son chapeau de soleil.

Il n'insista pas. C'était sans doute plus prudent. De toute façon, il disposait de plus d'une seule technique pour découvrir ce qui la troublait.

Audra sortit les deux plaques du four et il éclata de rire. Ces petits boudins à moitié brûlés étaient des croissants ?

— Nous avons passé des heures à préparer ces croissants et… et c'est ça, notre récompense ?

— La pâtisserie française a la réputation d'être difficile.

— Tu es à moitié français, cela aurait dû nous donner une longueur d'avance.

— Tu es à moitié australienne et je ne crois pas que cela te donne une connaissance innée du maniement d'une batte de cricket.

Comme le père de Finn, la mère d'Audra était australienne. Pour toute réponse, elle se contenta de lui lancer un regard noir avant d'attraper le livre de cuisine et de relire la recette.

Pitié, qu'elle ne lui demande pas de recommencer et de rester enfermé dans cette cuisine avec elle ! Ces dernières heures avaient été une véritable torture pour lui. Ils avaient été bien trop proches, dans une atmosphère bien trop électrique. Et malheureusement, il ne pouvait pas mettre les réactions de son corps sur le compte du four.

Il ouvrit un placard, sortit une assiette puis y déposa la demi-douzaine de croissants de la boulangerie qu'il avait achetée un peu plus tôt. Il fit ensuite glisser l'assiette en direction d'Audra.

Sans même le regarder, elle attrapa un croissant et mordit dedans avant de pointer le doigt vers un paragraphe de la recette.

— C'est là que nous nous sommes trompés. Nous…

Elle s'interrompit net et, perplexe, fixa le croissant dans sa main, puis l'assiette.

— Si tu oses me dire que tu as préparé des croissants tout à l'heure, je vais…

— Ce sont des croissants que j'ai achetés à la boulangerie.

— Quand ?

— À l'aube. Pendant que tu dormais.

D'un geste brusque, elle reposa le croissant et le regarda droit dans les yeux, les mains sur les hanches, visiblement furieuse.

Un peu inquiet, il recula d'un pas.

— Je ne les ai pas achetés pour dénigrer tes talents de pâtissière. Je voulais juste un plan B, au cas où… Parce que… Parce que j'avais envie de manger des croissants, moi aussi.

— Que fais-tu d'autre, à l'aube ?

Perdu, il secoua la tête. Où voulait-elle en venir ?

— Je ne fais rien. Pourquoi ?

— Tu as couru jusqu'au village ?

— Non, j'ai pris la voiture.

Il n'était pas encore suffisamment en forme pour courir une telle distance. Chaque jour, il se sentait un peu plus fort, mais il ne lui était pas venu à l'esprit de courir jusqu'au village. Ni autre part, d'ailleurs. Excepté avec elle sur la plage, quand c'était à son tour de choisir leurs activités quotidiennes.

— Tu as plongé d'une falaise ? Tu as fait du kitesurf ?

Le regard noir, il s'approcha d'elle.

— Ce ne serait pas dans l'esprit du marché que nous avons passé, n'est-ce pas ?

— Absolument pas.

— Et je suis un homme de parole.

Son regard glissa vers ses lèvres pulpeuses avant de remonter jusqu'à ses prunelles couleur azur.

— Mais tu es accro aux sports extrêmes.

En effet, mais l'excitation qui rugissait dans son corps à cet instant n'avait rien à voir avec les sports extrêmes, et tout avec la forme parfaite de sa bouche et avec le besoin brûlant de savoir quel goût elle aurait s'il l'embrassait. Aurait-elle un goût de pêche et de coco ? Un goût de café et de croissant ? Un goût salé ou sucré ?

Tout à coup, ses sens pétillaient, il avait chaud, son sang rugissait dans ses veines.

Il aperçut des lueurs s'allumer dans ses prunelles bleu lagon. À l'évidence, elle avait perçu son désir. Mais elle ne s'éloigna pas pour autant. Au lieu de cela, son regard clair se promena sur son visage avant de se fixer sur sa bouche.

— Un homme de parole, disais-tu ?

Ses paroles pénétrèrent le brouillard qui entourait son cerveau. *Qu'est-ce que tu fais ? Tu ne peux pas l'embrasser !*

Recouvrant ses esprits, il s'éloigna d'un mouvement brusque, tremblant, à bout de souffle. Dans le silence, il ne percevait plus que les battements effrénés de son cœur. Puis il l'entendit s'agiter derrière lui.

— Merci d'avoir acheté des croissants, Finn.

Il ferma les yeux et compta jusqu'à trois. Lorsqu'il se retourna enfin, Audra le regardait d'un air nonchalant.

Il avait pourtant vu la tentation dans ses yeux. Elle avait eu envie de l'embrasser, il en était sûr et certain.

Comment le savait-il ? Il n'en avait pas la moindre idée, mais il savait que tout était lié, sa capacité à contrôler son désir, son refus de lâcher prise et de s'amuser, sa détermination à réprimer ses sentiments… Pourquoi n'osait-elle pas plus ? Pourquoi n'écoutait-elle pas davantage son cœur ? Il l'ignorait mais, avec un peu de chance, il finirait par le découvrir.

Elle mordit dans son croissant et il rassembla toutes ses forces pour ne pas le lui prendre des mains et plaquer sa bouche sur la sienne pour la dévorer.

— J'ai une question pour toi, Finn.

— Tu as donc accepté mon marché, question contre question ?

S'il avait porté une cravate, il aurait dû la desserrer, tellement il avait chaud. Il n'était plus qu'une boule d'émotions.

— Si tu es toujours partant, évidemment.

Dans des circonstances normales, son rictus l'aurait fait sourire. Mais rien de ce qui s'est passé aujourd'hui n'était normal.

— Je t'écoute…

— Tu n'as pas envie de plus, dans la vie ? Tu passes sans cesse d'une aventure à l'autre. Tu n'aspires pas à quelque chose de plus durable ? Je ne parle pas de mariage et de bébés. Je parle de faire quelque chose de bien de ta vie, de laisser une trace.

Parce qu'elle pensait qu'il ne faisait rien de bien ? Elle ne manquait pas de culot !

Incapable de s'en empêcher, il se pencha vers elle. Il n'était pourtant le genre d'hommes à intimider physiquement les femmes, comme ce salaud de Thomas Farquard !

— Tu penses vraiment que je vis de mon héritage, passant d'un trek sur l'Amazonie au marathon de Londres et…

— Je sais que tu récoltes beaucoup de fonds pour des associations mais je ne vois aucune méthode dans tes actes, pas de véritable organisation.

— Et mon entreprise de design ?

— Je n'ai pas l'impression que tu passes beaucoup de temps au bureau.

— Tu crois que je traite mon entreprise comme un jouet ?

— Je n'en sais rien, tu n'en parles jamais.

— Tu ne m'as jamais posé la moindre question !

— Peut-être, mais j'ai l'impression que tu fuis ton travail pour vivre des aventures. C'est évidemment ton choix, puisque tu es le patron, mais…

Il leva une main pour l'interrompre.

— Stop. Nous allons jouer à un autre jeu.

Elle le fixa. Ses yeux brillaient et il savait qu'une partie de cette colère provenait de ce qui avait failli se passer entre eux, de la frustration physique et de la confusion émotionnelle.

Il mourait d'envie de se pencher pour la prendre dans ses bras et la serrer contre lui jusqu'à ce qu'ils se sentent tous les deux mieux. Malheureusement, cette solution ne ferait qu'empirer les choses.

— Et ma question ?

— Tu auras ta réponse à la fin du jeu. Je te le promets.

Pendant le jeu, il allait la mettre au défi d'explorer les rêves qu'elle semblait si déterminée à enterrer.

— En quoi consiste ce jeu ?

— Nous allons nous asseoir dans le jardin avec des croissants et mon ordinateur.

— C'est dans mes cordes.

Il ne découvrirait peut-être jamais les raisons pour lesquelles Audra bridait ses envies mais il pouvait tenter de lui donner le coup de pouce dont elle avait peut-être besoin pour réaliser ses rêves.

# 7.

Lorsque Finn lui tendit un grand bloc-notes et des crayons, elle réprima un mouvement de recul. À quoi tout cela allait-il servir ?

Il s'installa face à elle, son ordinateur portable devant lui. Sans doute allait-il lui donner quelques explications. En attendant, elle se contenta de l'observer, de s'attarder sur sa barbe de trois jours qui semblait n'attendre que ses caresses et… Non, non et non ! Elle ne devait pas s'engager sur cette voie-là. Hors de question. Si elle avait besoin de se changer les idées, elle pouvait toujours admirer le bleu profond de la mer.

Elle jeta un coup d'œil dans cette direction et aperçut un yacht aux voiles roses et bleues, qui semblait avoir jeté l'ancre dans la baie. Peut-être était-ce un couple en lune de miel parti à la découverte de l'une des nombreuses criques désertes pour… Des images interdites s'affichèrent devant ses yeux et elle secoua la tête pour les effacer.

— Audra ?

Finn la dévisageait, un sourcil levé en accent circonflexe. Comment diable arrivait-il à bouger un seul sourcil ? Oubliant le yacht, elle essaya de l'imiter.

— Que fais-tu ?

— J'essaye de lever un seul sourcil, comme toi.

Elle tenta une nouvelle fois l'expérience et il éclata de rire. Tant mieux. Elle avait besoin de légèreté pour dissiper la tension qui avait grandi entre eux dans la cuisine.

Elle devait surtout oublier qu'elle avait failli l'embrasser !

Ces derniers jours, ils avaient partagé plusieurs moments intimes. Hier, quand il lui avait parlé de la promesse qu'il s'était faite à dix-huit ans, elle avait perçu une certaine tristesse en lui, or elle ne voulait pas qu'il soit triste. Autrefois, elle aimait le provoquer. Aujourd'hui, ce n'était plus le cas. Aujourd'hui, elle voulait juste le savoir en bonne santé. Et heureux.

Lasse, elle soupira.

— Je n'y arrive pas. Tu veux bien me révéler ton secret ?

— Si tu me dis à quoi tu pensais quand tu fixais la mer.

À ces mots, elle sentit le rouge lui monter aux joues. Elle ne pouvait tout de même pas lui avouer qu'elle imaginait qu'un couple en lune de miel se trouvait sur le voilier et que…

— J'admirais juste la vue, répondit-elle plutôt. C'est étrange mais ici, je me sens véritablement moi-même.

— Dans ce cas-là, pourquoi ne t'installes-tu pas sur l'île ?

— Impossible.

— Rien n'est impossible.

Elle ne pouvait pas transplanter son travail ici. En plus, déménager risquerait de priver Kyanós de son charme exotique. Inutile donc d'y penser.

— La vie me rappelle simplement que je devrais prendre des vacances un peu plus souvent.

Elle avait accumulé une incroyable quantité de jours de congé, ces dernières années, et elle possédait quelques économies, peut-être même assez pour s'offrir la petite maison au centre du village qu'elle avait repérée. Une maison qui pourrait devenir son petit coin de paradis, un refuge qui n'appartiendrait qu'à elle. Après tout, peut-être était-ce la solution pour briser la monotonie de sa vie à Genève ?

Finn la regardait comme s'il attendait qu'elle en dise plus mais à quoi bon ? Tout ça, ce n'était qu'un rêve.

— Bon. Explique-moi ton jeu.

— Ce jeu s'appelle « Dessine la boutique rêvée d'Audra ».

À ces mots, son cœur se mit à battre plus vite dans sa poitrine, si vite qu'elle ouvrit la bouche et demeura bouche bée, interdite.

— Quel âge avais-tu quand tu as commencé à avoir envie d'ouvrir une boutique ?

— Je ne sais pas. Six ans, peut-être.

Elle en avait aussi rêvé à quinze ans. Et à dix-sept ans. Mais devenir propriétaire de sa boutique… C'était de la folie !

Enfin, il s'agissait juste d'un jeu. Il n'y avait rien de mal à jouer pendant une heure ou deux.

— Explique-moi les règles.

— C'est simple, laisse ton esprit s'envoler, répondit-il avec un sourire qui la fit fondre. Ne t'impose aucune limite. Le but du jeu est de faire abstraction de toutes les considérations pratiques. Ce qui m'intéresse, c'est de découvrir la vision pure et simple de ton rêve.

Elle esquissa un sourire, son excitation commençait à être contagieuse.

— Très bien, j'ai compris.

— Première question, commença-t-il en posant ses doigts fins sur le clavier de son ordinateur, quel serait l'emplacement idéal pour ta boutique ?

— Ici, à Kyanós, dans la rue principale. J'ai repéré une maison en vente qui surplombe le port.

— Que vendrais-tu dans cette boutique idéale ?

— Les créations d'artisans locaux, répondit-elle sans hésiter. Des bijoux, des bougies parfumées, de beaux carnets…

Elle posa son menton sur ses mains et laissa son esprit vagabonder dans la boutique de ses rêves, un passe-temps auquel elle refusait généralement de se livrer.

— Est-ce assez précis ?

— C'est parfait.

Il continua à taper sur son clavier. Il avait l'air vraiment concentré. Son visage affichait-il ce même air déterminé, juste avant de faire le saut à ski qui avait failli lui être fatal ?

Au bout de quelques minutes, il releva les yeux et lui posa de nouvelles questions sur la taille de la boutique, sa forme, l'emplacement du comptoir, l'agencement des étagères, de la vitrine… Les questions étaient si nombreuses que la tête lui tournait. Malgré tout, elle était capable de répondre sans hésiter car son rêve était d'une clarté absolue.

— Accorde-moi maintenant une quinzaine de minutes.

— Je vais aller chercher à grignoter pendant ce temps.

Dans la cuisine, elle disposa des fruits, une assiette de fromage ainsi que des noix sur un plateau.

— Assieds-toi ! lui lança Finn dès qu'elle ressortit sur la terrasse. Je vais te montrer ce que j'ai fait.

Elle obéit et il tourna l'ordinateur dans sa direction. Aussitôt, l'air lui manqua. Sous le choc, elle approcha l'écran de ses yeux. Ce qu'elle voyait était l'exacte reproduction de la boutique dont elle rêvait depuis qu'elle était petite fille.

— Comment… ?

Elle était tellement abasourdie qu'elle avait du mal à articuler.

— Comment as-tu fait ça ?

— J'ai utilisé un logiciel de conception.

Il allait appuyer sur une touche du clavier quand elle le stoppa dans son élan.

— Ne touche à rien ! C'est parfait.

C'était incroyable. Son rêve semblait être devenu réalité. L'émotion qui l'assaillait était si forte qu'elle lui nouait la gorge. Elle avait du mal à respirer.

— Ce n'est pas encore terminé mais ces plans te donnent déjà un bel aperçu de ton rêve. Si tu appuies sur cette flèche, tu verras deux autres images de l'intérieur de la boutique sous des angles différents.

Elle s'émerveilla devant les deux nouvelles images. La première semblait avoir été prise depuis l'arrière de la boutique, la seconde depuis le comptoir mais les deux offraient une magnifique vue sur le port. Elle apercevait même un énorme pot de fleurs devant la porte ! Touchée, elle passa un doigt rêveur sur l'écran.

— Tu t'en es souvenu.

— Je m'en suis souvenu.

Elle examina chaque détail des images, incapable de détourner le regard. Il le fallait, pourtant, ce rêve ne pourrait jamais devenir réalité. Hélas !

Son regard se posa soudain sur le logo, dans le coin de l'écran. L'air déserta aussitôt ses poumons. Elle connaissait ce logo !

— « Créateurs de rêves »… C'est toi ?

— Je ne suis pas seul, j'ai deux associés.

— Comment est-ce possible que je n'aie pas été au courant ?

— Je ne sais pas, répondit-il en haussant les épaules.

— Je croyais que ton entreprise s'appelait Sullivan Consultants.

— C'était le cas jusqu'à ce que mes partenaires me rejoignent.

Elle repensa à toutes les dernières fois où elle avait croisé Finn, essaya de se remémorer leurs conversations, n'importe quelle conversation pendant laquelle il aurait parlé de son travail. En vain. Pour être honnête, elle avait bien entendu parlé de changements au sein de son entreprise mais elle n'y avait pas prêté attention.

La honte la gagna. Était-elle vraiment si peu intéressée ? Créateurs de rêves était pourtant une entreprise de design de boutiques de renommée mondiale.

— Vous avez créé le foyer du centre d'affaires de Genève, n'est-ce pas ?

Pour toute réponse, il haussa les épaules. Pourquoi une telle modestie ? Ses créations avaient été récompensées !

— En fait, j'avais tout faux. Pendant toutes ces années, tu ne te contentais pas de passer d'un exploit sportif à un autre. Tu réalisais les rêves des gens.

— Je ne réalise pas les rêves des gens. Ils les réalisent tous seuls grâce à un travail acharné et à une motivation sans faille. Je leur montre simplement à quoi leur rêve pourrait ressembler.

Et il venait de graver dans son cerveau la vision de la boutique idéale.

— Et puis, je ne suis pas seul, dans cette affaire. Je suis entouré d'une formidable équipe à laquelle je délègue beaucoup. Ce qui me permet de m'absenter pour mes expéditions sportives. En y réfléchissant, je ne suis pas surpris que tu ne connaisses pas mon entreprise. Combien de fois nous sommes-nous vus au cours des dernières années ? Pas plus de quatre ou cinq fois.

— Nous nous voyons chaque année à Noël, et de temps en temps quand tu passes à Genève.

— Et quand nous nous croisons, tu ne m'interroges que sur ma dernière aventure, ou la prochaine.

Le malaise l'assaillit. Jamais elle ne lui avait posé la moindre question sur son travail. Elle n'y avait pas pensé. Elle ne l'interrogeait que sur ses exploits sportifs, comme si elle essayait de vivre ses aventures par procuration.

Elle se délectait de ses exploits et en même temps, elle les méprisait.

— Je suis désolée, Finn. Je me suis conduite comme la pire des hypocrites.

— Tu ignorais, c'est tout.

Non, elle n'avait pas voulu savoir, c'était différent. Elle avait volontairement voulu le considérer comme irresponsable. Ainsi, elle avait moins de mal à combattre cette attirance pour lui qu'elle ressentait depuis toujours.

*Mon Dieu ! Cela ne peut pas être vrai. À moins que…*

Elle lui adressa un sourire gêné.

— Tu vis tes aventures, tu fais un travail intéressant… En fait, tu vis ton rêve.

Il laissa échapper un petit rire mais son regard ne s'illumina pas. Sans doute pensait-il à la promesse qu'il s'était faite à dix-huit ans. À cette idée, la colère l'envahit.

— Je pense que tu as tort. Je pense que Ned et toi, vous avez tort. Rien ne t'empêche d'avoir une relation sérieuse tout en pratiquant les sports extrêmes que tu aimes.

Les mots s'étaient précipités hors de sa bouche, elle n'avait pas réfléchi, mais sitôt qu'elle croisa le regard de Finn, elle regretta de les avoir prononcés.

— Nous avons tort ? Explique-toi.

Elle n'aurait jamais dû commencer cette conversation. Hélas, elle n'avait plus le choix, maintenant, il fallait aller au bout. Elle rassembla alors son courage.

— Je ne pense pas que tu devrais construire ta vie en fonction de ce qui est arrivé à tes parents. Et je ne suis pas convaincu que Ned aurait dû blâmer ton père. Je sais, je sais, il faisait passer tes intérêts en premier. D'ailleurs, j'adore ton oncle Ned. Je pense cependant que c'est à toi, et à ta future femme, de décider quel type de mariage vous convient le mieux.

— Mais ma mère…

— Toutes les femmes ne sont pas comme ta mère ! Toutes les femmes ne renoncent pas.

— Eh bien…

Mon Dieu, qu'avait-elle dit ?

— Je… Je suis confuse. Les mots sont sortis tout seuls de ma bouche. Je voulais juste dire que les gens réagissent à la tragédie de différentes façons. Tout le monde ne se laisse pas abattre. Avec ce genre d'état d'esprit, tu n'épouseras jamais une femme qui pratique des sports extrêmes, ou qui a un travail dangereux, parce que si elle disparaît, tu ne pourras pas survivre.

Bouche bée, il fixa Audra. Pourquoi son cœur battait-il aussi fort ? Pourquoi avait-il l'impression que quelque chose venait soudain de se déverrouiller en elle ?

Elle réajusta sa queue-de-cheval mais ne le regarda pas dans les yeux.

— Tout le monde ne veut pas se marier, et c'est très bien. Tout le monde ne veut pas avoir d'enfants, et c'est bien aussi. Peut-être fais-tu d'ailleurs partie de ces personnes.

— Mais ?

Elle se mordit la lèvre. Elle semblait hésiter à poursuivre.

— Mais peut-être que ce n'est pas le cas.

— Tu crois que je veux me marier et avoir des enfants ?

Son regard couleur azur s'accrocha au sien.

— C'est le cas ?

— Je ne sais pas.

Pour être honnête, il ne s'était jamais posé cette question.

— Et toi ?

— Oui. J'aimerais être mère, un jour.

— Épouserais-tu un homme accro aux sports extrêmes ?

— Je n'épouserais pas un homme accro à quoi que ce soit. Je ne veux pas que mon partenaire passe tout son temps libre loin de moi, que ce soit pour faire de l'escalade, du golf, ou pour participer à des réunions philatéliques. J'aimerais qu'il ait envie de passer du temps avec moi.

N'importe quel homme ayant la chance d'attirer l'attention d'Audra serait bête de ne pas passer autant de temps que possible avec elle.

— Je ne souhaite pas qu'il m'accorde tout son temps libre non plus. J'ai mes amies à voir, des livres à lire…

— Mais cela ne te dérangerait pas qu'il pratique l'escalade, le deltaplane ou le golf, de temps en temps ?

— Non, tant qu'il ne s'imagine pas que je vais plonger du haut d'une falaise ou que je vais monter dans un avion en carton !

Il éclata de rire.

— Nous allons partir du principe que ton partenaire insisterait pour que tu suives un entraînement avant de tenter quoi que ce soit de dangereux.

— Cela ne change rien au fait que je ne suis pas intéressée par l'escalade, le deltaplane ou le golf et que jamais je ne sortirais avec un homme qui voudrait me changer.

— Et, évidemment, tu ne voudrais pas changer ton partenaire.

— Évidemment.

Son cœur se serra soudain. Il ne se souvenait pas pourquoi sauter à ski depuis ce tremplin lui avait semblé une bonne idée, mais cela ne voulait pas dire qu'il désirait modifier son style de vie du tout au tout. À vrai dire, cela ne voulait rien dire. Et pourtant…

Il n'avait jamais pensé à la possibilité d'avoir des enfants avant. D'ailleurs, il n'était pas sûr de vouloir commencer à y penser aujourd'hui. Malgré tout, il ne parvenait pas à refouler cette idée.

— Penses-tu souvent à fonder une famille ?

— Je n'y pense pas tout le temps, mais j'ai déjà vingt-sept ans. Dans l'idéal, j'aimerais fonder une famille dans les dix prochaines années. Et je ne voudrais pas tomber enceinte sitôt mariée, j'aimerais d'abord profiter un peu de la vie conjugale.

Elle se tut et le fixa, les sourcils froncés.

— Pourquoi me regardes-tu comme ça ?

— Je pensais juste à ce partenaire hypothétique que tu m'as trouvé. J'espère qu'il comprendra que les choses changent à l'arrivée d'un bébé. Tout à coup, tu as moins de temps pour toi, les sorties avec les copines deviennent plus rares…

— Tout comme les occasions de plonger du haut d'une falaise, je suppose.

— Exactement.

Mais sa naissance n'avait pas ralenti son père, et sa mère n'avait pas insisté pour créer une vie de famille stable. Elle l'avait simplement pris sous le bras et avait continué à parcourir le monde.

Et il en voulait à ses parents pour cette raison.

— Les besoins d'un bébé doivent être pris en compte et… Je ne critique pas tes parents, Finn. Je ne dis pas qu'ils ont eu tort. Je te décris juste la vie que moi, j'aimerais mener.

— J'ai le sentiment que les nourrices et les internats ne sont pas ton idée d'une bonne éducation. Je t'imagine dans une grande maison en banlieue…

— La maison n'a pas besoin d'être en banlieue. Cela pourrait être un appartement en ville ou une villa donnant sur une plage grecque. Et si j'ai les moyens d'engager une nourrice, tant mieux, car j'ai l'intention de continuer à travailler. Mais le soir, je voudrais avoir ma famille autour de moi. C'est tout.

Son regard croisa le sien.

— Ce n'est pas de cette manière que mes parents m'ont élevée. Je ne dis pas que j'ai détesté l'internat, parce que ce n'est pas le cas, je sais que j'ai eu de la chance. Je ne dis pas non plus que ma façon de faire serait meilleure que celle des autres. Je dis simplement que c'est cette vie-là qui me rendrait heureuse.

Elle venait de décrire tout ce qu'il avait désiré quand il était enfant, et cela lui faisait mal. En même temps, il était soulagé. Audra savait ce qui la rendrait heureuse, elle savait le genre de vie qu'elle voulait mener, et il était clair qu'elle n'allait pas se contenter de moins.

Alors pourquoi était-il, lui, prêt à transiger et à se contenter du minimum ?

Le moment n'était pas bien choisi pour répondre à cette question. Il dévisagea plutôt Audra.

Plus les jours passaient, plus elle se détendait. Elle avait enfin retrouvé l'appétit et des couleurs.

Il repensa à sa réaction quand elle avait découvert les plans de sa boutique. Sur le coup, elle avait été submergée par l'émotion. Elle avait maintenant besoin de temps pour étudier ces images, pour laisser son rêve grandir, s'épanouir, jusqu'à ce qu'elle ne puisse plus le nier.

— Je vais t'adresser ces images par courriel.

— Merci. C'est sympa, répondit-elle d'un ton neutre.

Sympa ?

Les étoiles qui illuminaient son regard, quelques minutes plus tôt, venaient de s'éteindre. Pourquoi ? Il l'ignorait mais une chose était sûre, il n'allait pas la laisser oublier ces images. Il allait les imprimer et les lui agiter sous le nez à chaque occasion possible.

— Quel est le programme pour le reste de la journée ?

— Rien, répondit-elle, un sourire malicieux au coin des lèvres. Absolument rien.

— Lecture sur la plage ?

— Je vois que tu commences à comprendre.

Elle se leva et ramassa les assiettes avant de reprendre le chemin de la cuisine.

— Attention ! lui cria-t-elle par-dessus son épaule. Tu risques d'y prendre goût.

Pour être honnête, il y avait déjà pris goût.

Il secoua la tête pour se reprendre. Tout cela ne voulait rien dire, il ne s'était pas soudainement métamorphosé. Il était simplement heureux de ne plus être à l'hôpital, de ne plus être confiné chez lui. Ce rythme plus lent lui convenait pour le moment, mais dès qu'il aurait repris des forces, son impatience le gagnerait à nouveau. Sa soif d'aventures reviendrait et il oublierait bien vite toutes ces étranges conversations sur les enfants et leur éducation.

De toute façon, elles concernaient Audra, pas lui.

Audra fixa le billet que Finn lui avait remis, puis la grange qui se trouvait devant eux avant de baisser à nouveau les yeux vers le papier, dans sa main.

— Tu… Tu nous as inscrits à un cours de dessin ?

Et lui qui avait espéré qu'elle saute de joie ! C'était raté.

— Quand tu as vu l'affiche, à la librairie, tu avais l'air…

— J'avais l'air quoi ?

Son regard était méfiant. Pourquoi ? Que lui arrivait-il ?

— Tu avais l'air intéressée.

— Je ne sais pas dessiner.

— Tant mieux, c'est un cours destiné aux débutants.

Pour toute réponse, elle laissa échapper un long soupir.

— Pour être honnête, reprit-il, j'ai cru que tu étais intéressée mais que tu te dégonflais.

— Je pensais juste qu'un cours de dessin ne te plairait pas.

— Tu ne pensais pas non plus que j'aimerais lire sur la plage et pourtant, cela ne t'a pas arrêtée. Je me suis soumis à toutes tes demandes, pas une seule fois je me suis plaint. Contrairement à toi !

— À t'écouter, je suis la méchante de l'histoire.

Non, elle n'était pas la méchante mais parfois, elle lui donnait envie de crier, tant elle attisait sa frustration.

— Je suis désolée, Finn. Sincèrement. Tu as choisi cette activité en pensant à moi et je suis touchée mais…

— Mais tu ne veux pas suivre ce cours de dessin ?

— Non, ce n'est pas ça.

— Alors quel est le problème ?

— Laisse tomber.

Elle commença à s'éloigner mais il lui attrapa la main et noua ses doigts aux siens.

— Audra ? Dis-moi ce qui se passe.

— Tu ne comprendras jamais.

— Essaye.

Il voyait les émotions se bousculer dans son beau regard, comme si une tempête rugissait en elle.

— As-tu déjà ressenti des pulsions rebelles ?

— Je te rappelle que ma vie entière n'est qu'une vaste rébellion !

— N'importe quoi ! Tu marches dans les pas de tes parents, tu vis la vie dont ils rêvaient.

Elle retira sa main et le manque le saisit aussitôt.

— Tu n'es pas plus rebelle que moi.

Ce n'était pas vrai, mais peu importait.

— Pour toi, suivre un cours de dessin serait un acte de rébellion ?

— D'une certaine manière, oui.

— Je ne comprends pas.

Elle lâcha un long soupir avant de répondre.

— Écoute, je vois l'intérêt de prendre des vacances, de s'allonger sur une plage, de faire un peu d'exercice… Je comprends l'intérêt de tout ça. Ces activités permettent au corps et à l'esprit de se reposer.

— En quoi suivre un cours de dessin serait-il différent ?

— C'est… Trop facile. C'est faire quelque chose pour le plaisir, plutôt que parce que c'est bien.

Elle refusait de se faire plaisir ? Il n'en revenait pas. Avait-elle à ce point peur de lâcher prise ?

— Si je commence à faire quelque chose juste pour le plaisir, je risque de vouloir recommencer.

— Et alors ? Où serait le problème ?

Pour toute réponse, elle se contenta de soupirer.

— Je savais bien que tu ne comprendrais pas.

— Je vais te dire ce que je comprends. Je comprends que tu es la femme la plus coincée que j'aie jamais rencontrée.

— Coincée ?

Il saisit à nouveau sa main et l'entraîna vers les pins surplombant la baie. Il tendit ensuite le bras en direction de la mer qui s'étendait à perte de vue devant eux.

— Que vois-tu ?

— La mer Égée.

— Et qu'est-ce que c'est que ça ?

Elle suivit son bras qui pointait vers le ciel.

— C'est le ciel.

— Et où sommes-nous ?

— Sur une île grecque.

— Bon sang, vas-tu enfin lâcher prise, te rebeller et oublier tes idées préconçues ? Ici. Maintenant. C'est le moment, Audra !

Elle le fixa et il observa les émotions se bousculer dans son regard couleur azur, la stupéfaction, l'émoi… Et puis le désir, lorsque ses yeux se posèrent sur ses lèvres.

Troublé, il déglutit avec peine.

Tout à coup, son cœur battait si vite qu'il tapait contre ses côtes. Incapable de résister plus longtemps à la tentation, il captura ses lèvres dans un baiser destiné à secouer son petit monde trop sage et, comme envoûté, il s'y attarda.

# 8.

La tempête de sensations qui se déclencha à l'instant même où ses lèvres touchèrent les siennes la bouleversa, la dévasta. Jamais elle n'avait imaginé qu'un baiser puisse faire naître de telles sensations en elle et se répandre dans chaque parcelle de son être.

La chaleur de Finn irradiait tout son corps, faisant fondre ces émotions qu'elle gardait sous cloche depuis si longtemps. Son parfum musqué, associé à l'odeur envoûtante des pins, l'enivrait, l'ensorcelait.

Il l'avait mise au défi de jouer, il l'avait encouragée à s'amuser, il lui faisait maintenant découvrir un plaisir qu'elle ne s'était jamais autorisé auparavant.

Un plaisir auquel elle était incapable de résister. C'était impossible et de toute façon, elle n'en avait pas envie. Un baiser comme celui-ci, il fallait le savourer.

Quelques secondes plus tôt, Finn était en colère contre elle, mais elle ne percevait aucune rage dans son baiser. Au contraire, il l'embrassait avec une infinie douceur.

Elle posa ses mains sur ses épaules et, comme mues par une force qu'elle ne contrôlait pas, celles-ci se déplacèrent aussitôt vers la peau brûlante de son cou. Il frémit, et leurs langues s'entremêlèrent un peu plus.

Puis ses bras se refermèrent autour d'elle et elle se lova contre son corps d'apollon, éperdue de désir.

Le besoin d'air l'obligea malheureusement à rompre le baiser. Tremblante, elle s'écarta et le dévisagea. Ses lèvres étaient-elles aussi gonflées que les siennes, ses yeux aussi brillants que les siens ?

Il la relâcha, si brusquement qu'elle dut s'appuyer contre le tronc de l'arbre derrière elle pour ne pas tomber. Une sensation de manque envahit aussitôt son ventre. Malgré la myriade d'émotions qui se reflétaient sur son beau visage, et aucune d'entre elles ne semblait positive, elle n'avait qu'une envie, se lover à nouveau entre ses bras. Et au diable les conséquences !

— Je suis désolé, marmonna-t-il. Je n'aurais jamais dû…

Elle le fixa. Son torse montait et descendait comme s'il avait couru et la veine à la base de sa gorge palpitait à une allure folle. Il la désirait avec la même fureur sauvage qu'elle le désirait, elle le voyait.

Si seulement elle pouvait se laisser aller sans penser aux conséquences ! Hélas, c'était impossible, lui rappela la voix de la raison.

Évidemment, Finn n'était en rien comme Thomas. Il ne lui mentirait jamais, il ne la trahirait jamais, mais une liaison avec lui nuirait à sa famille. Or pour rien au monde, elle ne ferait souffrir ses frères et sœur, surtout après le fiasco de son aventure avec Thomas.

Si Finn et elle avaient une aventure, alors, quand elle se terminerait, ce qui arriverait à coup sûr – il ne s'engageait jamais – sa famille le repousserait.

Non, hors de question qu'il soit écarté de sa famille, hors de question qu'il souffre ! Et pourtant, s'il l'embrassait à nouveau, elle ne pourrait pas résister, elle en avait la certitude.

Elle s'approcha de lui.

— Tu voulais que je perde le contrôle, tu as réussi. Et maintenant ? Tu voudrais que j'oublie tout ? À quel genre de jeux joues-tu ?

— Je voulais juste que tu te détendes un peu, que tu profites du moment au lieu de tout analyser et…

— Et ?

— Et je suis un idiot ! C'était stupide !

Il la foudroya du regard, comme s'il était en colère contre elle.

— J'ai des aventures, Audra, mais je n'en ai pas avec la petite sœur de Rupert.

Il lui lança les clés de la voiture et elle les attrapa.

— Je te retrouverai à la villa.

Elle la regarda s'éloigner en trombe. Il semblait avoir peur ? Peur d'elle ? Peur de détruire son amitié avec Rupert ? Ses envies de mariage et de bébés l'avaient-elles effrayé ? Pensait-il que c'était ce qu'elle attendait de lui ?

Perdue, elle se laissa tomber sur un rocher et tenta de se reprendre. Elle serait stupide d'imaginer qu'un avenir était possible avec lui. Elle était peut-être folle de désir, mais elle n'avait pas complètement perdu la tête.

Installée sur le canapé, elle leva les yeux lorsque Finn rentra enfin. Elle avait dîné quelques heures plus tôt et commençait à se demander s'il avait l'intention de rester dehors toute la nuit.

En la voyant, il s'arrêta. Chaque sens qui s'était enflammé en elle quand il l'avait embrassée se réveilla instantanément, allumant des étincelles dans tout son corps.

— J'aimerais te parler.

Il avança. Son visage était fermé, ses traits tirés.

Réprimant un soupir, elle referma son livre. L'heure était venue du discours classique, du « ce n'est pas toi, c'est moi », des « je tiens à toi, mais… »

— Je t'écoute.

— Je voudrais t'expliquer pourquoi il est si important pour moi de ne pas briser la confiance de Rupert.

— C'est facile : parce que Rupert est ton meilleur ami.

Il se souciait plus de Rupert que d'elle, il n'y avait rien d'étonnant à cela.

— J'aimerais que tu comprennes à quel point je lui suis redevable.

Serait-il impoli de se lever, de lui souhaiter bonne nuit et d'aller au lit ? Sans doute. Mais il serait encore plus impoli de s'approcher de lui et de l'embrasser à perdre haleine.

Elle tenta de refouler ses idées déplacées. Combien de fois devait-elle se répéter qu'il était inaccessible ?

— Je n'en ai parlé à personne d'autre et je pense que Rupert ne l'a pas fait non plus.

Ses yeux brillaient mais il ne la regardait pas. Visiblement nerveux, il fixait un point sur le mur, derrière elle.

— Quand nous étions au lycée, je… Pendant quelque temps, je… j'ai fait des bêtises. J'avais dix-sept ans et j'étais en colère contre le monde entier. J'ai commencé à boire, à fumer, à faire la fête… J'ai violé le couvre-feu à deux reprises et l'une des fois, j'étais ivre.

— J'imagine que tu as été puni.

— Le proviseur m'a expliqué que si je commettais un autre écart, je serais renvoyé, définitivement.

— Et ? Rupert t'a aidé à te remettre sur le droit chemin ?

— Audra… Tu nous connais mieux que cela.

En effet. Elle connaissait leur caractère fougueux.

— J'en déduis que tu as continué à tester les limites.

Il acquiesça d'un hochement de tête.

— Et tu t'es fait prendre ?

— Trafic de produits illicites.

Sous le choc, elle ouvrit la bouche pour l'interroger, puis la referma. Peut-être valait-il mieux ne pas connaître les détails.

— Tu n'as pourtant pas été renvoyé. Comment…

— Tu te souviens du prix Fallonfield ?

— Comment pourrais-je ne pas m'en souvenir ? Rupert était censé être la troisième génération de Russel à gagner ce prix. Je n'ai jamais vu mon père et mon grand-père aussi déçus que quand ils ont découvert qu'il ne figurait pas au palmarès.

Personne n'avait compris. Rupert était le premier de sa classe, il participait à de nombreuses activités extrascolaires. Il cochait toutes les cases pour être sélectionné.

Le prix Fallonfield était une récompense prestigieuse qui ouvrait de nombreuses portes à ses lauréats, une place dans l'université de son choix, un mentorat d'un an avec un chef d'entreprise et la possibilité de participer à une action humanitaire reconnue. Après avoir remporté le prix, son grand-père s'était rendu au Chili pendant un an. Son père était allé en Afrique du Sud. Quant à Rupert, il envisageait de partir au Nicaragua.

— Que s'est-il passé ? lui demanda-t-elle d'une petite voix, même si elle commençait à soupçonner la vérité.

— Rupert s'est dénoncé à ma place. Il a déclaré que les substances lui appartenaient et qu'il les avait cachées dans mes affaires afin que ses parents ne les découvrent pas quand ils viendraient lui rendre visite.

— En agissant ainsi, il savait qu'il renonçait au prix.

Finn le confirma d'un geste de la tête.

— Je n'en reviens pas que…

— Tu n'en reviens pas que je lui aie laissé porter le chapeau ? Lorsque j'ai découvert qu'il s'était dénoncé, je me suis précipité chez le proviseur pour tout avouer.

— Que s'est-il passé ?

— Ton frère m'a stoppé en chemin et nous nous sommes battus. Quand j'ai enfin accepté de l'écouter, il m'a dit que je ne pouvais pas décevoir mon oncle ou tes parents en me faisant renvoyer du lycée, que je ne pouvais pas laisser tomber et… et je me suis mis à pleurer comme un bébé.

À ces mots, les larmes lui montèrent aux yeux mais elle les refoula.

— Rupert m'a donné une seconde chance. Sans lui, je serais probablement mort, aujourd'hui.

Même à travers la brume de ses larmes, la flamme de son regard la transperçait.

— Ton frère m'a fait comprendre que j'avais une famille et que je n'étais pas seul. Il m'a convaincu que mes actes avaient un impact sur les gens qui m'entouraient et que ce que je faisais de ma vie comptait.

— Bien sûr que ce que tu fais compte !

— J'ai donc laissé Rupert s'accuser à ma place, alors que je savais ce que cela lui coûterait.

Elle essuya ses larmes.

— Je suis contente qu'il l'ait fait.

Elle comprenait désormais pourquoi il se sentait redevable à ce point.

— Alors quand Rupert me demande de prendre soin de sa petite sœur, j'obéis. Je lui ai promis de ne pas te briser le cœur et je tiendrai ma promesse.

À ces mots, elle se raidit. Personne, ni Rupert ni Finn, n'avaient le droit de décider à sa place. Elle était adulte !

Malgré sa colère, elle demeura silencieuse, encore sous le choc de son aveu.

— Je crois que j'ai le droit à une question vérité, maintenant, reprit-il au bout de quelques instants, d'un ton un peu plus léger.

— Pose ta question.

— Sachant ce que tu sais maintenant, serais-tu prête à détruire mon amitié avec Rupert pour quelques galipettes, Minus ?

Sa question était brutale et grossière, il en était bien conscient, mais il n'avait pas le choix. Il devait à tout prix mettre de la distance entre lui et Audra avant de faire quelque chose qu'il regretterait pour le reste de sa vie.

Elle se leva. Son visage était froid, son regard de glace.

— Je ne ferai jamais rien qui puisse nuire à ton amitié avec Rupert. Tu n'as aucune raison de t'inquiéter. Sur ce, je vais me coucher !

Sur le seuil de la porte, elle se retourna.

— Je te rappelle que mon nom est Audra, pas Minus. Tu viens de gâcher ton deuxième joker.

Sans un mot de plus, elle sortit de la pièce et, las, il se laissa tomber dans le fauteuil.

Il n'aurait jamais dû l'embrasser. Avait-il vraiment cru qu'il pouvait le faire sans être touché, troublé ?

Maintenant qu'il y pensait, l'idée lui semblait risible.

Sur le coup, il avait juste voulu la secouer un peu, l'obliger à agir de façon un peu plus spontanée. Il ignorait qu'il allait perdre le contrôle. Il ne savait pas que ce baiser allait le bouleverser à ce point.

S'il s'était agi d'une autre femme, il n'aurait pas pu résister à l'envie de poursuivre ce baiser jusqu'à sa conclusion naturelle, quelles qu'en soient les conséquences. Avec Audra, les répercussions auraient été trop importantes. À moins que…

À moins que rien du tout ! Il s'amusait, il enchaînait les aventures d'un soir. Il était ainsi fait et jamais il ne changerait.

Le lendemain matin, quand il entendit Audra bouger dans la cuisine, il ferma le livre dans lequel il était plongé pour aller la rejoindre.

Une fois dans la cuisine, il jeta le livre sur le plan de travail.

— Tu l'as terminé ?

— C'était un piège ! L'histoire n'est pas terminée ! Je ne sais pas si le roi récupérera son royaume. Je ne sais pas si l'héroïne sauvera le monde et si elle va vaincre le méchant. Et… Et je ne sais pas s'ils finiront ensemble ! Tu m'as piégé en me proposant ce roman.

— Je ne t'ai rien caché du tout. Il est indiqué sur la couverture qu'il s'agit du premier tome d'une trilogie. Regarde.

En effet…

— Tu te sens floué parce que tu vas devoir lire deux livres pour connaître la fin de l'histoire ?

Pour être honnête, l'idée aurait dû le consterner, mais ce n'était pas le cas.

— En fait, je crois que je suis surtout impatient de connaître la suite.

— Tu as de la chance, la librairie du village a les deux autres livres en stock.

Mal à l'aise, il enfouit ses mains dans ses poches arrière.

— Je n'aurais pas dû m'énerver de cette manière, je suis désolé. Je ne savais pas à quoi je m'engageais quand j'ai commencé ce roman.

Elle posa une assiette de fruits sur la table et s'installa.

— Ta phobie de l'engagement atteint vraiment des sommets !

Il ignora sa remarque et fit un geste de la tête en direction de l'assiette.

— J'étais censé me charger du petit déjeuner, ce matin. Ça faisait partie de notre marché.

— Un autre point du marché était de m'appeler Audra.

Elle porta un morceau de melon à ses lèvres et il se força à demeurer impassible, à garder son pouls sous contrôle pendant que sa bouche sensuelle se refermait avec gourmandise sur le fruit sucré.

— Alors, quel est le programme aujourd'hui ?

Elle grignota une autre tranche de melon avant de river son regard au sien.

— J'aimerais rester seule, aujourd'hui, si tu le veux bien.

Il se retint de protester. Passer une journée, chacun de leur côté, était sans doute une bonne idée.

— D'accord.

— Je vais aller à la plage, ce matin.

La plage était suffisamment grande pour qu'ils y aillent en même temps, tout en gardant leurs distances, mais il ne lui fit pas remarquer. Inutile de la provoquer.

Elle se leva et rinça son assiette.

— Tu auras la maison pour toi tout seul, ce soir.

En entendant ces mots, il sursauta.

— Pourquoi ?

— Parce que je vais dîner au village, et peut-être danser, mais tout cela ne te regarde pas.

— Je peux t'emmener danser, si c'est ce dont tu as envie.

— Non merci.

— Mais…

— Je ne veux pas aller au restaurant ou danser avec toi, Finn.

— Pourquoi pas ?

— Tu veux vraiment que je réponde à cette question ?

— Tu es en colère contre moi parce que je t'ai embrassée ?

À moins qu'elle ne soit en colère parce qu'il ne l'embrasserait plus.

— Je suis furieuse contre toi, contre Rupert, et contre moi-même.

Elle croisa les bras devant sa poitrine, son regard plus perdu que fâché, désormais.

— Tu ne comprends vraiment pas, n'est-ce pas ?

Non, il ne comprenait pas.

— Rupert et toi, vous pensez savoir ce qui est mieux pour moi. Et jusqu'à présent, je vous ai laissés agir ainsi mais je ne suis plus une enfant ! Je n'ai pas besoin qu'on s'occupe de moi, et je n'ai pas besoin de vous demander votre avis à chaque fois que je veux embrasser quelqu'un ou commencer une relation. C'est pour cette raison, pour me rappeler que je suis une adulte responsable que je vais aller au village ce soir, toute seule, sans escorte.

Sans un mot de plus, elle attrapa son sac de plage, son chapeau de soleil, et sortit en trombe.

*Je n'ai pas besoin de vous demander votre avis à chaque fois que je veux embrasser quelqu'un…*

Parce qu'elle avait l'intention d'embrasser quelqu'un, ce soir ? Mais… Ce n'était pas possible !

Rageur, il frappa la poêle contre la plaque chauffante avant d'y jeter quelques tranches de bacon et de casser deux œufs.

Se forçant à se calmer, il ramassa les coquilles pour les jeter dans la poubelle. Il ouvrit le couvercle, puis se figea, incrédule. Elle avait jeté ses plans de la boutique !

— Alors là, je ne suis pas d'accord, princesse.

Sans attendre, il retourna dans sa chambre pour prendre son ordinateur portable et se dirigea tout droit vers l'imprimante.

Il plaça ensuite une série de plans sur la table basse et une autre sur la petite table de l'entrée, devant la porte de sa chambre. Il laissa ensuite un troisième jeu dans un tiroir.

— Tu ne prends pas la voiture ?

Comme Audra ne répondait pas, il jeta un coup d'œil à sa montre.

— 6 heures 30. Il est un peu tôt pour aller dîner, non ?

Elle ne répondit toujours pas. Elle fixa son reflet dans le miroir de l'entrée avant d'appliquer une nouvelle couche de rouge à lèvres couleur rubis.

Elle portait une robe d'été qui lui mettait l'eau à la bouche. Le corsage épousait ses courbes envoûtantes, laissant apparaître une délicieuse étendue de peau dorée sur ses épaules qu'il rêvait de caresser.

Son cœur se mit à battre si vite, qu'il enfouit ses mains dans ses poches pour tenter de garder le contrôle.

— Pourquoi ne prends-tu pas la voiture ?

— Parce que j'ai l'intention de boire quelques verres.

— Comment rentreras-tu ?

Elle soupira.

— Arrête avec tes questions, s'il te plaît. Je sais à quelle heure je veux manger. Je sais comment rentrer chez moi à la fin d'une soirée. Ou demain matin, si la soirée se prolonge.

Elle envisageait de ne pas rentrer ? Mais…

À cet instant, un taxi se gara dans la cour. Sans un regard pour lui, elle sortit.

À 21 heures, il craqua et grimpa dans la voiture pour partir à sa recherche.

Il la trouva très vite dans la taverne de Petra.

Des tables étaient disposées dans la cour. Il s'installa discrètement à l'une d'elles qui offrait une bonne vue à l'intérieur du restaurant.

À l'intérieur, Audra était au centre de la fête. Elle riait, dansait et discutait avec tous les gens présents. Elle charmait tout le monde.

Il serra les poings.

Jamais il ne l'avait vue aussi vivante.

Un peu après minuit, elle monta dans un taxi, seule, sans doute pour rentrer à la villa et il demeura assis, accablé. Il était vraiment stupide. Elle s'était amusée, elle n'avait pas trop bu, elle n'avait pas flirté outrageusement. Elle n'avait rien fait d'imprudent ou d'inconsidéré.

Elle n'avait pas eu besoin de lui pour venir à son secours.

Il n'était pas seulement un imbécile, mais un sale type qui espionnait une femme parce qu'il se sentait exclu et inutile.

Il pouvait tourner le problème dans tous les sens, dire qu'il s'était fait du souci pour elle, qu'il voulait vérifier qu'il ne lui arrivait rien, la vérité était qu'il l'avait bel et bien espionnée.

Pourquoi diable ? Quel droit pensait-il avoir ?

Plus tôt, elle les avait accusés, lui et Rupert, de se mêler de ce qui ne les regardait pas. Et elle avait raison.

Elle méritait mieux de sa part. Beaucoup mieux.

# 9.

Audra ouvrit le réfrigérateur pour chercher la bouteille de lait et se retrouva nez à nez avec les plans de la boutique, glissés dans une pochette en plastique pour les protéger de l'humidité. À bout, elle referma la porte d'un geste brusque et serra la mâchoire pour retenir un cri rageur. Combien de temps allait-il encore la tourmenter ?

Finn et elles avaient passé les trois derniers jours à s'éviter. Le matin, elle profitait de la plage, tandis qu'il prenait la voiture et se rendait au village. L'après-midi, ils inversaient. Pour s'éviter, ils étaient très forts !

Cette solution aurait dû la réjouir, mais au fond d'elle, il lui manquait et elle regrettait la situation. Si seulement ils pouvaient recommencer à s'amuser et à se taquiner comme avant ce stupide baiser, avant qu'elle ne s'indigne du caractère protecteur de Rupert et du fait que Finn s'y plie sans scrupule.

Pendant des années, elle avait cru que son frère était protecteur parce qu'il tenait à elle. Aujourd'hui, elle avait plutôt l'impression qu'il la considérait comme un danger ambulant. À cause de Thomas ? Peut-être. Ou peut-être la considérait-il simplement comme irresponsable.

Mais non ! Bien sûr, qu'elle n'était pas irresponsable. Elle avait commis une erreur avec Thomas mais cela pouvait arriver à tout le monde, non ? Tant qu'elle n'aggravait pas la situation en faisant une bêtise avec Finn, tant qu'elle ne perdait pas la tête, tout irait bien.

Elle versa un nuage de lait dans son café et allait de nouveau jeter les plans à la poubelle lorsqu'elle s'arrêta net. Elle apercevait quelques changements subtils. Curieuse, elle s'installa à table pour étudier avec attention les dessins de la boutique. Une boutique si belle qu'elle en avait mal au cœur. Ces images étaient en effet des instantanés d'une vie qu'elle ne connaîtrait jamais. Et chaque fois qu'elle les regardait, les regrets s'insinuaient un peu plus profondément en elle.

Tout en étudiant les plans, elle croqua dans son croissant mais ne lui trouva aucune saveur. Elle but son café, mais il était insipide. Elle avait perdu le goût. Depuis que Finn l'avait embrassée, elle n'avait plus qu'une envie, qu'une obsession : l'embrasser à nouveau. Jamais elle n'avait imaginé qu'un simple baiser puisse réveiller un désir aussi intense. Elle avait vingt-sept ans, elle avait déjà touché les étoiles entre les bras d'un homme et pourtant, ce baiser l'avait bouleversée. Il avait fait voler en éclats toutes ses idées préconçues sur le plaisir ou la sensualité. Il l'avait laissée à bout de souffle, perdue, pantelante… Et surtout impatiente de recommencer. Malheureusement, une aventure avec Finn était hors de question. À court terme, elle serait fabuleuse, elle n'en doutait pas, mais à long terme, elle risquait d'être destructrice.

Or elle refusait d'être responsable d'un nouveau désastre. Jamais elle ne briserait volontairement des amitiés ou des liens familiaux. Elle ne pouvait pas faire cela à Rupert.

Ni imposer cela à Finn.

Le problème, c'était que le baiser avait non seulement réveillé sa sensualité, mais il avait aussi réveillé d'autres envies. Depuis, elle ne parvenait pas à taire ce sentiment d'insatisfaction qui grandissait en elle.

Au lieu de garder sous cloche toutes ses émotions, comme elle le faisait depuis des années, elle avait tenté d'en libérer quelques-unes. Après tout, les vacances étaient le moment idéal pour se laisser aller. Elle avait espéré qu'une petite rébellion l'aiderait à maîtriser son attirance pour Finn. Elle était donc allée danser, elle avait pris un cours de dessin, elle avait également loué un jet-ski et avait adoré la sensation grisante de glisser sur l'eau. Hélas, sitôt de retour sur la terre ferme, la frustration l'avait gagnée à nouveau.

Elle enfouit son visage entre ses mains et soupira. Si seulement Finn ne l'avait pas embrassée !

— Bonjour, Audra.

Elle releva la tête et le regarda approcher, un large sourire aux lèvres et un bol de céréales à la main. La colère la gagna aussitôt. Sans même prendre la peine de le saluer, elle lui lança les plans au visage.

— Pourquoi les laisses-tu traîner partout dans la maison ?

— Tu aimes les changements que j'ai faits ? Selon certaines études de marché, la localisation du comptoir à cet endroit offre une expérience plus agréable aux clients.

Les poings serrés, elle prit une profonde inspiration pour se maîtriser. Inutile de se fâcher.

— Pourquoi avoir modifié les plans ?

— Parce qu'ils doivent être parfaits. Chercher la perfection, c'est mon métier.

Mais ne savait-il pas l'effet que lui faisait ce projet ? Ne se doutait-il pas que le voir lui faisait mal ?

— Que penses-tu de cette disposition des étagères ? Elle n'est ni meilleure ni plus fonctionnelle que celle que tu avais en tête mais ce design est tendance, en ce moment.

Incapable de résister à la tentation, elle baissa les yeux et étudia les plans. Les lignes étaient épurées mais elles ne correspondaient pas du tout à l'ambiance générale qu'elle essayait de créer… Stop ! Elle n'essayait pas de créer la moindre ambiance. Tout cela n'était qu'un fantasme, elle ne devait pas l'oublier !

D'un geste brusque, elle reposa les plans.

— Arrête, s'il te plaît. Arrête de disséminer ces plans partout dans la maison, j'en ai assez. Je sais bien que tu as du talent et je suis désolée de t'avoir mal jugé mais par pitié, arrête !

Il reposa sa cuillère et la regarda droit dans les yeux.

— J'arrêterai avec les plans si tu réponds à une question.

— Je t'écoute.

— Pourquoi travailles-tu dans un bureau, à Genève, au lieu d'ouvrir la boutique de tes rêves et de mener une vie qui te rende heureuse ?

Incrédule, elle ouvrit la bouche et ferma les yeux, sous le choc. Comment savait-il ? Comment pouvait-il savoir alors que Rupert, Cora et Justin n'avaient jamais deviné ?

— Quand tu as décrit cette boutique, ton visage s'est illuminé, poursuivit-il. Tu en parlais avec une telle passion… Une passion contagieuse, d'ailleurs. Je ne m'étais pas senti aussi enthousiaste depuis très longtemps. C'est pour cette raison que je veux que tu ouvres cette boutique. Je veux que tu mènes cette vie dont tu rêves. Je ne comprends pas pourquoi tu te punis de cette façon.

— Je ne me punis pas.

— Ce n'est pas l'impression que tu donnes.

— Mon travail est important !

Elle se leva. Elle n'arrivait plus à rester assise, elle bouillait. Son sang rugissait dans ses veines.

— Le travail que fait la Russel Corporation est important, mais…

Elle avança sur la terrasse et fixa l'eau turquoise qui s'étendait au loin, pour tenter de se calmer.

— Regarde le travail incroyable qu'accomplissent Rupert, Cora et Justin.

— C'est ça, le problème ? Une banale rivalité fraternelle ? Bon sang, Audra, tu as vingt-sept ans ! Tu as passé l'âge d'être jalouse.

— Ce n'est pas une question de rivalité. C'est une question de loyauté.

Il ne répondit pas. Apparemment, il attendait qu'elle lui en dise plus, qu'elle s'explique.

— Quand notre mère est morte, mon monde s'est écroulé.

Il attrapa sa main et elle s'agrippa à lui tout en continuant à fixer la mer. Elle ne pouvait pas le regarder sous peine de se mettre à pleurer.

— Ma mère était notre soleil. Le travail qu'elle accomplissait dans l'entreprise était crucial.

Karen Russel avait été l'administratrice de la branche caritative de la Russel Corporation. Un rôle important, les actions humanitaires constituaient en effet une mission clé de l'entreprise.

— Mais son influence allait bien au-delà.

Elle cligna des yeux pour refouler ses larmes.

— Elle a mis au point une stratégie pour que Rupert devienne P-DG, elle a mené des études pour décider quels étaient les laboratoires attirant le plus de fonds, offrant donc à Cora les opportunités les plus prometteuses. Si elle avait vécu assez longtemps, elle aurait trouvé des financements pour les actions de Justin en Asie du Sud-Est.

Justin travaillait à la mise en place d'un programme de santé dentaire pour les populations pauvres du Cambodge et espérait pouvoir prochainement étendre son programme à toute l'Asie du Sud-Est.

— C'est toi qui as fini par trouver ces financements pour lui. Tu devrais être fière.

Elle ne répondit pas, elle n'en avait pas la force. Elle n'avait même pas le courage de le regarder.

— Audra…

— Quand notre mère est morte, ma famille a été dévastée.

Elle retira sa main de la sienne.

— J'ai tout de suite voulu aider ma famille. Tu aurais dû voir le soulagement de mon père quand je lui ai annoncé que je reprendrais le rôle de ma mère dans la société, une fois diplômée ! Justin était en dernière année, il avait des examens à passer, mais s'inquiétait des démarches administratives à remplir pour travailler au Cambodge. Le laboratoire pour lequel Cora travaillait espérait un parrainage de l'entreprise familiale. Et Rupert… Eh bien, le fait de m'avoir à ses côtés l'aidait aussi.

Elle s'était lancée parce que Karen n'était plus là, elle n'avait pas eu le choix. Elle avait dû le faire, pour ses frères, pour sa sœur et pour son père, qui avaient tous le cœur brisé.

— Tu as été ce qu'ils avaient tous besoin que tu sois.

— Je ne me considère pas comme une martyre. J'étais heureuse de les aider.

Les soutenir l'avait aidée à cicatriser. Les soutenir lui avait donné un but au moment où elle avait l'impression que sa vie lui échappait.

Il se redressa, son regard soudain plus sombre.

— Elle ne voudrait pas de cette vie pour toi.

— Je pense au contraire qu'elle serait fière de moi.

— As-tu remarqué à quel point vous avez tous géré la mort de ta mère d'une façon différente ? Rupert est devenu super protecteur envers vous tous. Cora s'est jetée corps et âme dans le travail avec l'objectif d'être la première partout et Justin a commencé à profiter davantage de l'instant présent.

Elle n'y avait pas pensé en ces termes, mais il avait raison.

— Ce qui signifie qu'il attend toujours la dernière minute et qu'il compte sur sa petite sœur pour l'aider.

Amusée, elle hocha la tête.

— Pendant que toi, Princesse, tu essayes de combler le vide laissé par ta mère.

— Seulement dans la gestion quotidienne.

Personne n'avait pu combler le vide émotionnel laissé par l'absence de sa mère.

— Tes frères et sœur sont tous passionnés par ce qu'ils font. Ils ont tous un rêve et le poursuivent.

D'une certaine manière, elle les aidait à atteindre leurs rêves et elle ne le regrettait pas un instant.

— Tu ne laisseras pas tomber ta mère si tu poursuis tes propres rêves et ouvres une boutique ici, à Kyanós.

— J'aurais au contraire l'impression de les trahir tous, si je quittais la Russel Corporation.

— Tu serais la seule à le penser.

La certitude qu'elle percevait dans sa voix la surprit tant qu'elle releva les yeux et le dévisagea.

— Audra, ils font tous un travail qu'ils aiment ! Pourquoi ne t'autorises-tu pas la même chose !

Pourquoi criait-il, tout à coup ? Croyait-il que c'était facile, pour elle ? En plus, elle aimait être présente pour ses frères et sœur, elle aimait les aider et les soutenir.

— Comment te sentirais-tu si tu découvrais que Rupert, Cora ou Justin ne travaille que pour garantir ta sécurité émotionnelle, parce qu'ils ont peur de te faire de la peine ?

Cela serait terrible ! Ce serait… Les situations n'étaient pas comparables. Ses frères et sœur étaient tous brillants, intelligents, motivés… Ses rêves étaient ordinaires, en comparaison, dénués d'ambition. Une partie d'elle avait même toujours eu peur que sa famille pense qu'elle n'était pas à la hauteur.

Son cœur commença à battre plus vite dans sa poitrine. Avait-elle utilisé son rôle dans l'entreprise familiale comme prétexte pour se cacher ? Déployer ses ailes exigeait qu'elle prenne des risques, et, pour être honnête, ces risques l'avaient toujours effrayée.

— Je déteste dire cela, Princesse, mais en fin de compte, tu n'es qu'une simple gratte-papier. N'importe qui pourrait faire ton travail.

— Pourquoi ne me dis-tu pas ce que tu penses vraiment ?

La détermination qu'il lisait dans le regard d'Audra le troubla. Il ne voulait pas lui faire de mal, mais lui dire le fond de sa pensée était sans doute plus sage que suivre son instinct qui lui ordonnait de l'embrasser. Car ce serait la pire des idées, il le savait.

Ce qu'il pensait vraiment, c'était qu'il avait envie de la voir heureuse, aussi heureuse que quand elle lui avait décrit la boutique de ses rêves, quand elle avait fait du jet-ski, ou quand il l'avait vue danser.

Pensait-elle que ces activités étaient futiles et que s'y adonner était un signe de faiblesse ?

Il passa une main sur son visage et se força à revenir au présent.

— J'allais oublier, c'est mon tour de choisir nos activités.

Il la vit croiser les bras puis ouvrir la bouche, mais il leva une main pour l'empêcher de parler.

Elle avait raison. Il serait sans doute plus sage de continuer à garder ses distances, mais une telle opportunité ne se reproduirait peut-être jamais et il avait envie de lui prouver qu'elle avait le droit d'être heureuse.

— Le yacht à la voile rose et bleue est de retour.

Elle lui montra du doigt, sans doute pour faire diversion, mais il ne prit pas la peine de regarder.

— S'il te plaît…

Pendant de longues secondes, elle le regarda droit dans les yeux, comme pour lire en lui, puis se contenta de hausser les épaules.

— Bon, d'accord.

— J'ai exploré l'île et je pense avoir trouvé une activité qui pourrait t'intéresser. Tu peux mettre une tenue décontractée.

— Chapeau et sandales ?

— C'est parfait. Départ dans une demi-heure.

Leur première halte fut l'atelier d'Angelo, un menuisier qui vivait à l'autre bout du village et qui fabriquait et vendait des meubles dans son garage rénové. La plupart de ses créations étaient trop grandes pour l'hypothétique boutique d'Audra, mais il façonnait aussi des objets plus petits qu'elle aimerait à coup sûr, de jolies boîtes à bijoux, des écritoires rétro…

Comme il l'avait deviné, Audra s'émerveilla dès qu'elle entra dans le garage.

— Ce travail de menuiserie est magnifique.

— Selon Angelo, chaque morceau de bois lui souffle en quoi il veut être transformé avant qu'il ne se mette au travail.

— Tu lui as parlé ?

— Finn ! s'exclama Angelo en entrant dans le garage. J'ai reconnu ta voiture dehors. Venez prendre un café, Maria vient de faire du *baklava*.

— Je ne savais pas que tu faisais de si belles choses, Angelo, répondit-elle.

Surpris, Finn la fixa.

— Tu connais Angelo ?

— Bien sûr. Son frère Petros est le jardinier de Rupert.

Ils restèrent une heure chez Angelo. Ensuite, il l'emmena jusqu'au studio d'Anastasia, une petite maison isolée sur une colline balayée par le vent.

— J'imagine que tu vas me dire que tu connais Anastasia.

— Non, je n'ai pas ce plaisir.

Anastasia leur fit visiter son studio de photographie. Il lui suffisait de voir l'expression d'Audra pour deviner que les œuvres d'Anastasia la fascinaient.

Ils retournèrent ensuite au village pour visiter l'atelier d'Eleni, où celle-ci leur montra comment elle fabriquait des savons parfumés à partir d'ingrédients locaux, mais aussi toute une gamme de produits cosmétiques naturels.

Audra acheta un ensemble de savons dans un sac de tulle fermé par un ruban sentant bon la lavande.

— Ces savons sont si joliment emballés que je ne peux pas résister.

Ils rendirent ensuite visite à deux autres artisans, un cordonnier qui fabriquait des sacs à main et des ceintures, ainsi qu'un bijoutier.

— Tu as faim ? lui demanda-t-il lorsqu'ils reprirent place dans la voiture.

— Je meurs de faim !

Ils retournèrent alors au port et s'attablèrent dans cette taverne devenue en quelques jours leur lieu de prédilection.

— Les œuvres d'Anastasia devraient être exposées dans des galeries, s'exclama Audra, soudain surexcitée. Ses photos sont magnifiques et elles révèlent une Grèce très différente de celle des brochures touristiques.

— Hélas, elle a soixante-dix ans, elle n'a pas Internet…

— J'aimerais beaucoup qu'Isolde, une de mes amies décoratrice, voie certaines des pièces d'Angelo. Je crois qu'elle en tomberait amoureuse. Nous devrions retourner là-bas afin que je puisse prendre quelques photos et les lui envoyer.

Sans attendre, elle se leva mais il lui ordonna de se rasseoir.

— Nous avons le temps, nous passerons chez Angelo demain.

Il lui servit un verre de vin.

— Qu'as-tu pensé des produits parfumés d'Eleni ? Je crois qu'ils auraient toute leur place dans une boutique.

Elle hocha la tête. Elle semblait ailleurs, comme si elle était en train d'avoir une conversation avec elle-même.

— Je devrais peut-être la mettre en relation avec Élise, l'ancienne partenaire de laboratoire de Cora. Tu te souviens d'elle ? Elle travaille maintenant dans les cosmétiques naturels. Je suis certaine qu'elle adorerait les recettes d'Eleni.

Encore une fois, elle faisait passer les besoins des autres avant les siens.

Le serveur leur apporta des *loukoumades* et ils arrêtèrent de parler pour manger. Il en profita pour la dévisager. Elle avait pris un peu de poids au cours des onze derniers jours. Ses joues étaient plus roses, ses yeux plus brillants, plus pétillants.

Une douleur se mit soudain à grandir en lui, si intense

qu'il parvenait à peine à respirer. Il tenta tant bien que mal de la refouler.

Pourquoi avait-il autant de mal à résister aux interdits ? Il devait résister, pourtant. Et il résisterait. Il préférait se couper une main plutôt que de décevoir Rupert. Quant à blesser Audra, il ne le supporterait pas. Mais quand elle vibrait ainsi, quand ses yeux brillaient à ce point, il ne parvenait pas à détourner le regard.

— Je me demande ce que les villageois penseraient d'un festival annuel, lança-t-elle soudain.

— Quel genre de festival ?

— Un festival qui mettrait en valeur la scène artistique locale et les produits artisanaux des environs, les charcuteries, les fromages, les huiles d'olive et…

— Et les *loukoumades* ?

— Et les *loukoumades*, évidemment !

Elle éclata de rire. Elle n'avait pas ri, pas avec lui en tout cas, depuis qu'il l'avait embrassée.

— Tu es incroyable, tu le sais ?

— Moi ?

— Absolument. Ne vois-tu pas à quel point tu t'intégrerais bien ici ? Tu as des relations, de l'énergie et surtout la passion.

Tout en parlant, il se força à ne pas fixer son décolleté sous peine de perdre la tête.

— Malheureusement, je ne peux pas quitter la Russel Corporation.

— Tu ne peux pas partir du jour au lendemain, il faudrait que tu restes le temps de former un remplaçant, j'en conviens, mais rien ne t'empêche de démissionner.

Comment la convaincre d'oser et d'oublier un peu son sens du devoir ?

— Imagine à quel point ta mère aurait adoré ce festival que tu viens juste de me décrire.

Ses yeux devinrent humides et son visage songeur.

— Je sais. C'est juste que…

Elle regarda le ciel et cligna des yeux, comme pour retenir des larmes.

— Je voudrais juste qu'elle soit fière de moi.

Karen était morte à un moment crucial de la vie d'Audra. Pas étonnant qu'elle se sente perdue à ce point.

— Je ne vois pas comment elle pourrait ne pas être fière de toi, Princesse. Tu es attentionnée et tu travailles dur. Tu aimes ta famille…

Une larme coula sur sa joue rose et il cligna des yeux pour refouler celles qui lui piquaient les yeux.

— Je suis prêt à parier tout ce que je possède que ta mère aurait adoré la boutique que tu m'as décrite. Elle vivait sa vie avec passion. Elle aurait voulu que tu fasses de même.

Audra essuya ses larmes avant de lâcher un long soupir.

— Peut-on aller marcher un moment ?

Ils se promenèrent le long du port et elle noua son bras au sien, faisant instantanément grimper sa température de quelques degrés supplémentaires. Elle ne faisait pas exprès de le torturer, il le savait. Elle avait juste besoin de s'ancrer pendant que son esprit galopait. Il la laissa donc faire et ne la repoussa pas, se contentant de lutter contre le désir qui bouillonnait en lui.

Au bout de l'allée, elle s'assit sur la digue.

— Selon toi, ce ne serait pas égoïste de ma part d'emménager ici et d'ouvrir une boutique ?

— Pas du tout. Je sais que tu ne peux pas le voir, mais tu es la moins égoïste des femmes.

Son regard dubitatif croisa le sien.

— Tu ne crois pas que ma famille aurait l'impression que je la laisse tomber ?

— Absolument pas. Je pense qu'ils seraient ravis pour toi. Si tu ne me crois pas sur parole, pose-leur la question.

— Et tu penses que je pourrais m'intégrer à la vie du village ?

Il le pensait, mais…

— Pas toi ?

En fin de compte, ce qu'il pensait, lui, n'avait que peu d'importance. C'était son avis à elle qui comptait.

— J'ai envie d'y croire, mais j'ai peur que mon envie ne fausse mon jugement. Je n'ai pas la moitié du talent des artisans que nous avons vus aujourd'hui, mais je suis très organisée. Je sais gérer une entreprise. J'ai aussi des économies. Ce serait intéressant de présenter de l'artisanat local dans ma boutique ! Personne d'autre ne le fait actuellement, donc je n'aurais pas de concurrence.

Tout en parlant, son visage s'illumina.

— Et si tout le monde ici pensait que c'était une bonne idée, j'adorerais organiser un festival. Tous mes amis viendraient, ma famille aussi…

Elle se leva d'un bond et commença à faire les cent pas devant lui.

— Je pourrais le faire.

— Tu pourrais, mais la question est : vas-tu oser ?

Des étincelles s'allumèrent soudain dans son regard. Son menton se releva, fier.

— Oui. Oui, je vais oser.

Comme libérée, elle se mit à danser sur place. Puis soudain, elle se pencha en avant, posa ses mains sur ses épaules et l'embrassa. Ses lèvres ne touchèrent les siennes qu'un bref instant. C'était un baiser d'exaltation et d'excitation, un baiser de remerciement, un baiser entre amis. Mais aussi un baiser pur et magique qui fit basculer son univers…

Elle s'écarta, les lèvres entrouvertes, le souffle rapide, le regard sans doute aussi choqué que le sien, puis se força à lisser sa jupe, comme si le moment n'avait jamais existé.

Sauf qu'il avait l'impression qu'il était gravé dans son esprit pour toujours. Un contact aussi rapide ne devrait pourtant pas laisser une impression aussi indélébile. Du moins, normalement.

— Merci, Finn.

— Je n'ai pas fait grand-chose.

— Au contraire, tu m'as donné le coup de pouce dont j'avais besoin et… je vais changer ma vie. Je vais la changer du tout au tout. C'est décidé.

À ces mots, quelque chose d'étrange et de contradictoire s'installa au creux de son ventre. Il l'ignora et se contenta de l'applaudir.

— Viens, allons fêter ça !

# 10.

Audra ouvrit les yeux et esquissa un sourire. Pleine d'énergie, elle poussa un petit cri silencieux tandis que, dans son esprit, les projets se multipliaient déjà.

Sans attendre, elle se leva et enfila rapidement des vêtements et des chaussures de sport avant de prendre le chemin de la plage et de commencer à courir.

Oui, à courir. Contrairement aux jours précédents, quand elle évitait Finn, elle ne se chronométra pas. Elle avait juste envie de courir pour canaliser son excès d'énergie. Les décisions qu'elle était sur le point de prendre allaient avoir un impact sur le reste de sa vie et, même si la joie et l'excitation la poussaient, elle devait garder la tête froide, réfléchir, et ne pas s'emballer.

Elle atteignit la falaise, au bout de la plage et, le souffle coupé, se laissa tomber sur le sable. Qui aurait cru qu'elle serait capable de courir jusqu'ici ? Qui aurait cru que cela lui ferait autant de bien ? Pas elle, en tout cas.

Lorsqu'elle entra dans la cuisine, une heure plus tard, Finn était accoudé contre le bar, une tasse de café à la main.

— Tu es allée courir ?

Sa bouche sensuelle dessina un sourire coquin et son cœur se mit à battre encore plus vite que quand elle avait sprinté.

— Rassure-toi, ce n'était pas une question piège, précisa-t-il comme s'il devinait son trouble.

Elle se servit une tasse de café avant de répondre.

— Pour tout te dire, tu as attisé ma curiosité, l'autre jour, quand tu as voulu courir.

Il lui avait surtout donné envie de lui prouver qu'elle n'était pas paresseuse.

— Je parie que tu as réussi haut la main.

Sa confiance en elle lui réchauffa le cœur.

— J'ai réussi, pas facilement mais j'ai réussi et chaque jour, j'ai un peu moins de mal.

— Combien de fois as-tu couru ?

— Seulement quatre fois.

— Et tu aimes ?

— Disons que ce n'est pas encore une passion.

En tout cas, elle ne détestait plus courir. Au contraire. Faire du jogging sur le sable lui donnait l'impression de maîtriser son destin.

— Tu découvres que tu ne détestes pas courir et je m'aperçois que lire un livre sur la plage n'est pas si désagréable. Que de surprises ! Bon, pour changer de sujet, j'ai repensé à l'aménagement de ta boutique et j'ai eu quelques idées. Tu veux les voir, après le petit déjeuner ?

— Oui, s'il te plaît.

Une heure plus tard, elle s'installa sur la terrasse, prête à étudier ces incroyables dessins qu'il ne cessait de créer.

— Tu m'as dit l'autre jour que la première étape était celle du « grand rêve sans limites ». En quoi consiste l'étape suivante ?

— C'est l'étape des compromis.

Il pointa vers son ordinateur.

— Ce que tu vois, c'est ton rêve, mais quelles seront les dimensions exactes de la boutique ? Nous ne le saurons pas tant que tu n'auras pas trouvé les locaux. Il faudra ensuite modifier ces plans pour qu'ils correspondent à ce rêve. Tu devras également tenir compte de tous les travaux qui pourraient être nécessaires. Quel budget pourras-tu consacrer à l'aménagement du magasin ? Tu vois ce type d'étagères ? Il coûte deux fois plus cher que celui-ci. Est-ce qu'il vaut deux fois plus pour toi ? Tu devras répondre à de nombreuses questions de ce genre.

— Si je comprends bien, il va falloir adapter mon rêve à la réalité.

— Exactement.

Il remit son ordinateur face à lui et, le regard concentré, commença à faire danser ses doigts sur le clavier. Elle le fixa avec attention et, peu à peu, quelque chose en elle se libéra. Tout à coup, elle se sentait plus légère. Tout à coup, grâce à Finn, tout lui semblait possible.

Comme si elle tombait amoureuse.

À cette idée, son cœur cessa de battre. Elle était tombée amoureuse de Finn ? Non ! Jamais de la vie ! Elle n'était pas assez stupide pour tomber amoureuse de ce play-boy qui enchaînait les aventures sans lendemain ! Et pourtant, depuis son arrivée, elle lui avait découvert une profondeur qu'elle n'avait pas imaginée. Finn n'était pas seulement un sportif accro à l'adrénaline, c'était aussi un designer talentueux et un homme d'affaires habile.

Elle secoua la tête pour chasser ces idées stupides. À quoi bon rêver ? Rupert l'avait mise en garde contre Finn et s'il se passait quelque chose entre eux, son frère le saurait, forcément.

D'un autre côté, elle n'avait pas envie de tuer l'espoir qui palpitait en elle, cet espoir qui faisait pétiller tous ses sens.

— Voici une version économique de ta boutique.

Finn tourna l'écran de son ordinateur portable vers elle et elle se força à se concentrer sur ses plans plutôt que sur le chaos qui régnait dans son esprit.

— Qu'en penses-tu ?

— C'est toujours aussi beau.

Il lui sourit et son cœur se mit à battre de plus belle.

— Tu possèdes un véritable talent. Ton travail ne te manque pas, quand tu pars pour l'une de tes aventures ?

Lentement, il referma son ordinateur portable.

— Pour être honnête, si.

Elle retint son souffle en attendant qu'il poursuive.

— Pendant longtemps, je me suis forcé à ignorer mon goût pour le design. Je n'avais pas envie d'être un banal homme d'affaires.

— Tu n'es pas un banal homme d'affaires ! Tu es un artiste.

Son regard voilé croisa le sien.

— Je mène une vie passionnante, je vis mon rêve… Cela devrait me suffire.

Malheureusement, elle voyait bien que ce n'était pas le cas.

— Les rêves peuvent changer, murmura-t-elle.

Il baissa les yeux vers ses mains.

— J'ai eu beaucoup de temps pour réfléchir, ces quinze derniers jours, et nos discussions m'ont ouvert les yeux.

Sa bouche s'assécha et son pouls s'emballa. Allait-il lui dire qu'il l'aimait et désirait construire une vie et une famille avec elle ? Une petite partie d'elle en rêvait.

— Je me suis aperçu que je vis la même vie que mes parents. Quand j'étais enfant, je détestais ne pas avoir de maison, être constamment en mouvement, toujours en train de déménager… Je détestais le fait de ne pas avoir d'amis de mon âge. Mais quand mes parents sont morts, j'aurais fait n'importe quoi pour retrouver cette existence même si, au fond de moi, je préférais de loin celle que Ned avait créée pour moi.

En voyant les émotions tourbillonner dans ses prunelles sombres, elle sentit son cœur se serrer. Avec tout ce qu'il avait vécu, pas étonnant qu'il se sente aussi déboussolé.

— J'ai donc essayé d'atteindre un équilibre entre la vie qu'avaient vécue mes parents et celle que Ned menait. Je voulais qu'ils soient tous fiers. Je pensais pouvoir concilier le meilleur des deux mondes et être heureux…

— Mais tu n'es pas heureux.

Émue, elle avala tant bien que mal sa salive avant de reprendre.

— As-tu déjà aimé une chanson au point de l'écouter sans cesse, jusqu'à l'excès, jusqu'à ne plus pouvoir la supporter ? Et quand, par hasard, des années plus tard, tu l'entends, elle ne te donne plus le même frisson qu'avant ?

— Je vois ce que tu veux dire.

— Eh bien, c'est peut-être ce qui t'est arrivé avec les sports extrêmes. Peut-être as-tu besoin de trouver une nouvelle chanson capable de te faire vibrer, une nouvelle passion.

Il hocha la tête, peu convaincu par sa théorie.

— C'est la façon dont je vis ma vie qui ne me convient plus. Mais en la remettant en cause, j'ai l'impression de critiquer les choix de mes parents.

— Tu essayes juste de te forger ton propre chemin.

— Pour être honnête, le ski hors-piste ne me procure plus les sensations fortes qu'il me procurait autrefois, enchaîner les tours de pistes dans une voiture de sport me paraît désormais monotone, et le trekking jusqu'au camp de base de l'Everest ne m'attire plus.

Apparemment, il avait peur de passer pour un ingrat vis-à-vis de ses parents, s'il dénigrait ces activités.

— Je ne peux pas te faire la leçon, t'encourager à poursuivre tes rêves et ne pas appliquer ces leçons à ma propre vie. Ce serait hypocrite de ma part.

— Quel âge avait ton père quand il est mort ?

— Trente-cinq ans.

— Donc seulement deux ans de plus que toi aujourd'hui. Qui sait ce qu'il aurait choisi de faire, s'il avait vécu plus longtemps.

— Mon père, abandonner les sports extrêmes ? Jamais de la vie !

— Est-ce plus fou que d'ouvrir une boutique sur une île grecque ?

Il esquissa un sourire avant de redevenir sérieux.

— Ce que tu fais n'est pas fou, c'est excitant. Tu vas au bout de ta passion.

Son cœur était si plein d'amour, qu'elle baissa les yeux de peur qu'il ne les voie briller.

— Personne ne sait ce que l'avenir aurait réservé à ton père, mais il aurait pu avoir une crise de la quarantaine et décider de retourner en Australie et pourquoi pas acheter une ferme et élever des kangourous !

Il éclata de rire.

— Je sais que beaucoup de gens, dont moi, ont critiqué la façon dont tes parents ont vécu, les considérant comme irresponsables et frivoles. Mais ils n'ont fait de mal à personne en vivant comme ils l'ont fait. Ils étaient des esprits libres et les esprits libres, Finn, te diraient de suivre ton cœur et de faire ce qui te rend heureux, sans te soucier de ce que les autres pensent.

Il ne répondit pas mais elle devinait que les questions se bousculaient en lui.

— Que vas-tu faire ?

— À vrai dire, je n'en ai aucune idée.

Son regard s'accrocha au sien et elle y lut des émotions nouvelles. Était-ce de l'affection ? De l'émerveillement ?

— Ces vacances ont vraiment été étonnantes, Audra.

Sur sa langue, son nom résonnait comme une délicieuse caresse. Pour toute réponse, elle se contenta de hocher la tête.

Une brise chaude souffla soudain sur ses cheveux. Elle les repoussa avant de les attacher en une queue-de-cheval serrée et Finn esquissa un sourire.

— Je vais les couper, lui annonça-t-elle sans réfléchir.

Visiblement surpris, il écarquilla les yeux.

— Courts. À la garçonne. Je déteste avoir les cheveux sur mon visage. J'ai toujours détesté cela.

— Pourquoi ne pas les avoir coupés plus tôt ?

— Par habitude, sans doute, par peur aussi. Mais aujourd'hui… Aujourd'hui, tout me semble possible.

Même une relation entre elle et Finn ne lui semblait plus du domaine de l'impossible. Il tenait à elle, elle le savait. Et ils avaient beaucoup partagé, ces quinze derniers jours. Tout cela devait bien signifier quelque chose, non ?

— Je vais demander à Anna, au village, si elle veut bien me couper les cheveux.

— Quand ?

— Peut-être cet après-midi.

Il la fixa pendant un long moment, visiblement songeur.

— À quoi penses-tu ?

— J'ai fait quelque chose…

Son ton l'interpella. Elle le trouvait provocateur et gêné à la fois. Qu'est-ce que cela signifiait ?

— Qu'as-tu fait ?

— Il vaudrait mieux que je te montre.

— D'accord. Maintenant ?

Il acquiesça d'un signe de tête.

— Où allons-nous ?

— Au village.

Ils s'arrêtèrent d'abord chez la coiffeuse. Quand Anna annonça qu'elle pouvait couper les cheveux d'Audra tout de suite, il accepta le rendez-vous en son nom avant qu'elle ne puisse changer d'avis.

— Cela me donnera le temps de finir de m'installer.

— Tu sais que je n'ai aucune idée de ce dont tu parles.

— Je sais, répondit-il avant de déposer un baiser léger sur son front. Ne t'inquiète pas, le secret sera bientôt révélé. Je serai de retour dans une heure.

Il s'éloigna avant qu'elle ne puisse l'attraper par le col et l'embrasser. Bon sang, elle était en train de perdre la tête ! Que devait-elle faire de ses sentiments pour lui ? Devait-elle essayer de les enterrer, ou pouvait-elle espérer qu'avec le temps, il finirait par les partager ?

Peut-être réagissait-elle ainsi pour tenter de compenser. Sauf que… Elle n'était pas tombée amoureuse de Thomas. Elle avait simplement été charmée par ses attentions.

Elle ne devait pas non plus oublier que Rupert l'avait mise en garde contre Finn.

Oui, mais Rupert était surprotecteur et…

— Installe-toi.

Elle ferma les yeux et tenta de se calmer tandis qu'elle s'abandonnait aux bons soins d'Anna.

Elle contempla son reflet dans le miroir et sourit. Elle adorait sa nouvelle coupe courte. Heureuse, elle passa ses doigts dans sa chevelure et sentit l'excitation qui l'avait gagnée ce matin la faire vibrer à nouveau.

Elle était en train de partager une tasse de thé avec Anna quand Finn revint. Elle vit ses yeux s'ouvrir tout grand, puis se mettre à briller, et l'émotion l'envahit aussitôt.

— C'est… Tu es… Tu es magnifique.

Une vague de chaleur l'enveloppa. Finn la désirait. Il avait essayé de le cacher, mais il la désirait de la même façon qu'elle le désirait, elle n'avait plus aucun doute. Ce n'était pas suffisant, mais c'était un point positif. Malheureusement, leurs vacances étaient presque terminées, il leur restait peu de temps.

— Tu ne regrettes pas d'avoir coupé, j'espère.

— Pas du tout.

Elle se força à chasser les pensées dérangeantes de son esprit et à se concentrer sur l'instant présent.

— Maintenant, mets fin à mon calvaire et montre-moi cette surprise dont tu m'as parlé. Je n'en peux plus d'attendre.

— Très bien, viens.

Il lui prit le bras, mais le lâcha sitôt dehors. Elle savait pourquoi, parce que l'attirance entre eux était trop forte et il craignait de craquer.

Et si elle le séduisait ? Rien ne l'en empêchait…

Non, ce serait une très mauvaise idée.

À moins que ce ne soit une idée bien inspirée.

Pour être honnête, elle ne savait plus que penser.

Dans la rue principale du village, elle jeta des coups d'œil aux vitrines colorées puis esquissa un sourire gourmand en passant devant la boulangerie qui confectionnait ces croissants qu'elle aimait tant.

Au bout de la rue se trouvait le magnifique bâtiment blanc aux volets fraîchement peints d'un bleu azur qui s'était immiscé dans ses rêves. Dès qu'elle avait vu l'enseigne À vendre, quinze jours plus tôt, elle avait voulu l'acheter. Cet endroit était parfait.

— Tu m'as parlé d'une maison à vendre dans le village qui serait l'endroit idéal pour ta boutique, et j'ai deviné que c'était à celle-ci que tu pensais.

Abasourdie, elle se tourna vers lui, les yeux écarquillés. Comment avait-il fait ?

— J'ai interrogé quelques personnes et j'ai découvert que le bâtiment appartenait à la famille Veros.

— La famille Veros qui possède l'épicerie ?

— Celle-là même. J'ai demandé si on pouvait jeter un œil à l'intérieur.

Il s'interrompit pour brandir une clé.

— Et ils ont dit oui.

Elle sautilla sur place. L'excitation qui s'était accumulée dans sa poitrine débordait et menaçait soudain d'exploser.

— On y va ?

— Oui, s'il te plaît !

Il déverrouilla la porte.

— Veux-tu que j'ouvre les volets ?

Incapable d'articuler le moindre mot, elle se contenta de hocher la tête. Elle était trop impatiente pour parler.

— Avance pendant que je les ouvre.

Une main sur la poitrine, elle poussa la porte. Son cœur battait fort contre sa paume. Cette maison pouvait-elle être le lieu où son rêve se réaliserait ? Était-ce l'endroit où elle pourrait commencer le reste de sa vie ? Elle prit une profonde inspiration pour tenter de maîtriser son excitation. Elle ne devait surtout pas s'emballer.

Elle fit quelques pas. L'intérieur était sombre.

Elle ferma les yeux le temps de faire un vœu. Lorsqu'elle les rouvrit, la lumière l'éblouit et son cœur se mit à faire des bonds dans sa poitrine. Sous le choc, elle s'agrippa au mur pour ne pas tomber.

Son cœur s'envola, puis s'arrêta, puis accéléra.

Devant elle, les dessins que Finn avait créés pour sa boutique avaient pris forme. Était-elle en train de rêver ? Incrédule, elle ferma les yeux, mais quand elle les rouvrit, rien n'avait changé. Non, elle ne rêvait pas.

Elle se retourna et vit alors Finn installer un énorme pot de fleurs devant la porte d'entrée. Ses yeux se remplirent aussitôt de larmes. Avait-il fait tous ces efforts pour elle ?

Il approcha. Il souriait mais elle percevait néanmoins de l'hésitation, en lui.

— Qu'en penses-tu ?

— Je pense que c'est incroyable ! Comment diable as-tu réussi à créer tout cela en si peu de temps ?

— J'ai demandé à Angelo de préparer deux ou trois étagères simples. J'ai emprunté quelques produits à Eleni, Kostas et Christina. Tous étaient plus qu'heureux de m'aider quand je leur ai expliqué la raison.

Il lui prit le bras et l'entraîna plus loin dans le magasin. Il avait accroché des photos de tous les objets qu'elle voulait vendre sur des étagères temporaires. Il avait donné vie à son rêve. L'agencement et le design, les couleurs et la lumière, la vue sur le port… Tout était parfait.

— C'est simple, j'aime tout.

— Attends de voir l'étage.

Il lui prit la main et l'entraîna jusqu'à l'arrière du magasin.

— Il y a une kitchenette et une salle de bains par ici.

Il ouvrit une porte et alluma la lumière, lui donnant à peine le temps de jeter un coup d'œil à l'intérieur avant de la conduire en haut d'un escalier étroit jusqu'à un bel appartement offrant une vue exceptionnelle sur le port.

— Alors, ça te plaît ?

— J'adore !

Elle le dévisagea. Son sourire était plein de joie et… et d'affection.

Son esprit s'emballa. Il était attiré par elle, et tenait à elle, elle le savait. Et maintenant, cette mise en scène ? C'était une preuve. Une simple preuve de tendresse, ou bien de plus ?

— Je me suis renseigné et le prix me semble raisonnable.

Il annonça un prix qui lui fit avaler sa salive mais qui était dans son budget. Ouf. Plus rien ne la retenait, désormais.

— Je crois que je vais faire faire une inspection du bâtiment et ensuite faire une offre.

— Tu es sérieuse ?

Oui, elle était sérieuse. Elle mourait d'envie de se jeter dans ses bras et de l'embrasser. Mais si elle craquait, il risquait de remonter sa garde. Dans ce cas-là, mieux valait peut-être se retenir.

Elle le suivit alors en silence dans les escaliers. En bas, son regard se fit soudain plus perçant.

D'un geste de la main, elle balaya la pièce.

— Pourquoi as-tu fait ça pour moi, Finn ? Je ne me plains pas, j'adore ce lieu, mais cela a dû te demander énormément d'efforts.

— J'ai envie que ton rêve se réalise, Princesse. Tu le mérites.

Elle le dévisagea. Malheureusement, elle ne parvenait pas à lire dans ses pensées.

— Tu as passé beaucoup de temps à penser à mon

avenir, et je t'en suis reconnaissante, mais tu ne crois pas que tu aurais pu aussi réfléchir à de nouvelles orientations pour ta vie ?

Il baissa les yeux puis passa un doigt songeur sur une étagère, comme pour enlever la poussière.

— Pour être honnête, j'y ai réfléchi aussi.

— On dirait que Kyanós pousse à l'introspection.

Il enfouit ses mains dans les poches arrière de son short et la fixa pendant un long moment.

— J'ai eu une idée… C'est peut-être une idée stupide… Je ne sais pas. Tu… Tu veux voir ?

Pour toute réponse, elle se contenta de hocher la tête.

— Allez, viens. Je vais te montrer.

La voiture s'engagea sur un chemin de terre. Où étaient-ils ? Elle ne reconnaissait pas l'endroit.

— Je ne suis jamais passé sur cette route auparavant.

— J'ai passé du temps à explorer les moindres recoins de l'île, ces derniers jours.

En plus d'explorer toutes les façons dont elle pourrait réaliser son rêve.

— Ce chemin nous emmène au sommet de la falaise, à l'opposé de chez Rupert.

Quelques minutes plus tard, ils arrivèrent dans une clairière et il se gara. Curieuse, elle sortit de la voiture et admira les lieux. La vue était d'une beauté à couper le souffle.

— Je ne suis pas sûr d'avoir jamais vu un panorama plus spectaculaire. Le paysage est d'une beauté à couper le souffle.

La mer entourait le promontoire sur trois côtés. De cette hauteur, elle ne pouvait distinguer qu'une petite bande de plage, à sa gauche, puis la villa de Rupert qui brillait au loin, parmi les pins.

Devant s'étendait la mer Égée, d'un bleu profond qui

aimantait son regard. Le coucher du soleil devait être spectaculaire, ici. À sa droite, le terrain descendait en pente douce jusqu'à une petite crique. Sur le chemin, elle apercevait plusieurs bâtiments délabrés.

— Cette parcelle de trente acres est à vendre. Le fermier qui en est propriétaire utilisait ces bâtiments pour stocker les olives de ses vergers mais ils sont à l'abandon depuis près de quinze ans. Dès que j'ai posé les yeux dessus, j'ai su exactement comment les transformer en une maison lumineuse. J'ai même trouvé un nom pour la maison : la Villa Óneira. La maison des rêves.

Était-il en train de dire qu'il voulait vivre ici, à Kyanós ? À cette idée, son cœur se mit à battre la chamade mais la voix de la raison lui conseilla de ne pas s'emballer.

— Que ferais-tu du reste du terrain ?

Elle ne l'imaginait pas cultiver les olives ou élever des chèvres.

— Tu te souviens qu'un jour, tu m'as demandé quelle activité je ne pourrais pas abandonner ? Eh bien, c'est le deltaplane. Aucune sensation n'est plus intense, plus magique. Voler au-dessus du monde, en apesanteur, en liberté, en toute sérénité, est inoubliable.

Elle le dévisagea et sourit, émue, heureuse pour lui. Tout à coup, il avait l'air de revivre, de vibrer à nouveau.

— Tes questions m'ont poussé à réfléchir à ma vie. Et quand je suis tombée sur cette parcelle de terre et que j'ai vu ce promontoire, j'ai tout de suite su ce que je pouvais en faire.

L'émotion qui lui nouait la gorge était si forte qu'elle avait de plus en plus de mal à respirer.

— J'ai lutté car au départ, je pensais qu'il ne s'agissait que d'une stupide chimère, mais après notre conversation de ce matin, je me dis que peut-être, ce n'était pas si fou.

— Quel est ton projet ?

— J'aimerais ouvrir une école de deltaplane. Je possède un diplôme d'instructeur.

Elle l'ignorait.

— L'école ne fonctionnerait qu'en été. Le reste du temps, j'aimerais me concentrer sur mon travail à Créateur de Rêves. J'aimerais travailler à distance et il me semble qu'ici, c'est l'endroit idéal pour le faire.

Il se tut, comme s'il était gêné, et enfouit ses mains dans ses poches.

— Ton projet est très beau.

— Mais ?

— Mais l'autre jour, tu m'as dit que la vie sur une île ne te conviendrait pas.

— J'avais tort. Les vacances permanentes ne me conviendraient pas, mais être dans un bureau du matin au soir non plus. Je pourrais laisser la gestion quotidienne de l'entreprise à mes partenaires, ils sont meilleurs que moi pour ça. Le design est ma passion, c'est vrai, mais l'idée de partager mon amour du deltaplane avec d'autres, de leur apprendre à pratiquer cette activité en toute sécurité, dans cet endroit magique, répond à un besoin différent.

Incapable de s'en empêcher, elle esquissa un sourire.

— On dirait que nous allons être voisins.

— On dirait bien. Qui l'aurait cru ?

Tout cela devait vouloir dire quelque chose, quelque chose d'important, même s'il n'en était pas encore conscient. Mais quoi ? Elle n'en avait toujours pas la moindre idée.

Il jeta les clés de la voiture en l'air avant de les rattraper.

— Tu as faim ?

— Je meurs de faim !

# 11.

— Regarde, Audra, on dirait que ton voilier est de retour.

Ils étaient en train de déguster du pain, du fromage et des olives sur la terrasse, mais son esprit ne cessait de revenir aux projets d'avenir de Finn. S'ils vivaient tous les deux à Kyanós, alors… Alors tout deviendrait possible.

Pour le moment, il n'envisageait pas de tomber amoureux, de se marier ou d'avoir des enfants mais une fois qu'il vivrait ici, peut-être changerait-il d'avis.

Elle essaya de contrôler les palpitations de son pouls. Hors de question de le brusquer, mieux valait profiter de leur amitié et voir ce que la vie lui réservait.

Elle le rejoignit sur le promontoire qui surplombait la plage en contrebas et observa le voilier.

— On dirait que les plaisanciers vont débarquer.

Au souvenir de ses allusions osées sur les activités des jeunes mariés en lune de miel qui se trouvaient sans doute à bord, le rouge lui monta aux joues. Il ne lui restait plus qu'à espérer qu'ils n'aient pas l'intention de faire l'amour sur la plage.

— Veux-tu plus d'olives ?

— Ne touche pas les olives ! rétorqua-t-il en retournant à table. Je n'en ai jamais mangé de meilleures !

Le regard brillant, elle le regarda croquer un fruit avec une infinie sensualité.

— Bon, à qui revient le soin de choisir les activités du jour ?

— Je n'en ai aucune idée.

— On pourrait ouvrir une bouteille de vin, sortir nos livres…

Ce programme lui convenait parfaitement.

— Veux-tu descendre à la plage ?

— Laissons plutôt les visiteurs en profiter en toute intimité.

— Comme tu veux. Bon, je vais chercher le vin.

— Et moi, les livres.

Ils étaient sur le pas de la porte quand des voix les stoppèrent net. Surpris, ils se retournèrent en même temps et aperçurent Rupert, accompagné d'une femme qu'elle ne connaissait pas.

Son frère était là ? Il aurait dû lui annoncer sa venue !

Elle allait s'élancer dans ses bras quand Finn laissa échapper un juron qui la cloua sur place. Curieuse, elle le dévisagea et son ventre se noua aussitôt. Il était blême.

Que se passait-il ? L'atmosphère était soudain très lourde.

— Finn…

Dans son regard, elle lisait les regrets, la culpabilité mais aussi une autre émotion qu'elle ne parvenait pas à déchiffrer.

— Je suis désolé, Princesse. J'aurais dû te parler de cette femme que j'essayais d'éviter, à Nice.

Elle fixa la femme qui se tenait à côté de Rupert, une grande brune dont les yeux étaient cachés derrière une paire de lunettes de soleil. Cette magnifique femme était-elle la dernière petite amie de Finn ? Pourquoi Rupert l'avait-il amenée sur l'île ? Elle ne comprenait rien.

— Fais-moi confiance, continua-t-il. Je te promets que je ne laisserai rien, ni personne, te faire du mal.

De quoi parlait-il ? Elle était perdue.

— Tu as intérêt à t'en assurer, grogna Rupert en la rejoignant.

Il l'embrassa sur la joue avant de lancer à Finn un regard glacial qui augmenta encore sa nervosité.

— Audra, je te présente Trixie McGraw.

— Ce que Rupert ne te dit pas, intervint Finn, c'est que Mme McGraw est une journaliste d'investigation. Pas mon ex-petite amie.

Une journaliste ? Horrifiée, elle fusilla Rupert du regard.

— Tu as invité une journaliste sur l'île ? Tu as perdu la tête !

— Rassure-toi, elle n'est pas là pour toi, répondit Finn à sa place. C'est moi qu'elle veut interviewer.

— Mais… Pourquoi ?

Elle le regarda. Il était livide. Elle mourait d'envie de lui prendre la main et de lui offrir tout le réconfort dont il pourrait avoir besoin, mais la présence de Rupert l'en empêchait. Son frère les observait tous les deux avec une telle intensité qu'elle ne voulait rien faire qu'il puisse mal interpréter. Hors de question de faire quoi que ce soit qui puisse briser l'amitié des deux hommes.

— Mon accident s'est produit dans une station appartenant à un ami, Joachim Firrelli. Trixie était la petite amie de Joachim, avant qu'ils ne rompent. Elle essaye maintenant de prouver que ses installations techniques ne respectaient pas les normes de sécurité et que Joachim est responsable de mon accident. Le problème, c'est que je refuse d'être un pion dans son petit jeu de vengeance.

Trixie ne réagit pas, alors Finn continua.

— Comme je l'ai dit à plusieurs reprises à Mme McGraw, je suis le seul responsable de mon accident. Je n'étais pas concentré, je suis tombé, fin de l'histoire. Jamais je ne ferais payer, à un ami, mon manque de vigilance.

Voilà pourquoi il se sentait coupable. Il avait peur que ses actions ne causent des problèmes à son ami. Et il s'en voulait d'avoir involontairement attiré une journaliste sur l'île.

*Oh ! Finn…*

Une vague d'émotion la submergea. Si seulement elle pouvait le prendre dans ses bras… Malheureusement, Finn n'était pas le genre d'hommes à se contenter d'une seule femme et à l'aimer, elle risquait d'avoir le cœur brisé. Mais elle gardait espoir. Après tout, il n'avait pas perdu de temps pour lui dire qui était cette Trixie McGraw, et ce qu'elle attendait de lui. Il n'avait pas voulu qu'elle puisse penser que cette femme était une ex-petite amie. Un tel geste n'était pas insignifiant.

Revenant au présent, elle reporta son attention sur son frère.

— Finn dit-il la vérité ? demanda celui-ci à Trixie.

— Plus ou moins. Je ne suis pas motivée par la vengeance, je crois simplement qu'il est dans l'intérêt du public d'être informé quand une station de ski renommée ne respecte pas les normes de sécurité.

Audra se força à ne pas lever les yeux au ciel. Pourtant, elle était outrée.

— Je n'arrive pas à croire que tu aies amené une journaliste sur l'île, Rupert.

— Je ne l'ai pas amenée, elle était déjà ici. J'ai reçu un e-mail de sa part hier et je suis arrivé ce matin. Je ne suis pas l'ami de cette femme.

La presse avait transformé sa vie en enfer, avant qu'elle ne vienne se réfugier ici. Elle n'allait pas laisser cette situation se reproduire ici, sur l'île. Elle n'allait pas non plus laisser ces vautours de journalistes faire de Finn et de son ami Joachim leurs prochaines victimes.

— Il est temps que tu fasses un choix, Rupert. C'est ta maison, tu peux inviter qui tu veux, mais c'est elle ou c'est moi. L'une de nous devra partir.

Rupert ne répondit pas.

— Audra…, intervint Finn mais, d'un geste de la main, elle lui ordonna de se taire.

— Je ne fais pas confiance à cette femme, Rupert. Par contre, je fais confiance à Finn.

À ces mots, les lueurs dans le regard de Rupert s'assombrirent encore plus. Que se passait-il ? Il ne faisait pas confiance à Finn ? Elle pensait pourtant qu'ils étaient les meilleurs amis du monde.

— Mademoiselle Russel, osa soudain Trixie, je comprends votre aversion actuelle pour la presse, mais je ne suis pas ici pour parler de votre relation avec Thomas Farquhar.

— Je veux qu'elle quitte cette propriété, répéta-t-elle, ignorant volontairement la jeune femme. À toi de choisir.

— Ce n'est pas une compétition, Minus. Si ça l'était, tu gagnerais haut la main. Mais j'ai besoin de ton aide, d'abord. Nous n'entrerons pas dans la maison, je te le promets, et cela ne prendra que dix minutes. Si après, tu désires toujours que Trixie parte, je l'escorterai hors de la maison.

— Je t'accorde dix minutes, répondit-elle en lançant le chronomètre de son téléphone. Pas une de plus.

Rupert fit signe à Trixie et celle-ci sortit une grande enveloppe de son sac et la posa sur la table. D'un geste, Rupert les encouragea, elle et Finn, à jeter un coup d'œil au contenu. Sans perdre de temps, elle glissa la main dans l'enveloppe et en sortit des photos.

Des photos d'elle et de Finn.

La première avait été prise hier au moment où elle avait embrassé Finn. La suivante les montrait, les yeux dans les yeux, le désir illuminant leurs visages.

Elle passa à la suivante. Elle et Finn étaient en train de boire du champagne dans une taverne du port. Ils souriaient.

Abasourdie, elle ferma les yeux pour tenter de se reprendre. Cette horrible femme avait capturé l'un des moments les plus heureux de sa vie.

— Espionner des gens… C'est ça que vous faites dans la vie ?

Trixie ne répondit pas, c'était sans doute plus sage. Elle s'intéressa alors à son frère.

— C'est à cause de ces photos que tu es en colère ? Je sais que tu avais mis Finn en garde mais sache que c'est moi qui l'ai embrassé, pas l'inverse. En plus, c'était un baiser amical, un baiser de remerciement, et il a duré moins de deux secondes.

Sans un mot, Rupert souleva cette photo pour révéler celle du dessous, prise devant la grange où devait avoir lieu le cours de dessin.

Des gouttes de sueur perlèrent sur son front.

Ce jour-là, ils s'étaient embrassés comme s'ils étaient seuls au monde. Et ce baiser avait été le meilleur baiser de toute sa vie, le plus sensuel, le plus envoûtant…

Sous le choc, elle se passa la main sur le visage. Comment réagir ? Elle hésita quelques instants puis, rassemblant son courage, releva la tête et haussa les épaules.

— Je ne suis pas sûre que ce soit mon meilleur profil.

— Si Trixie n'obtient pas son interview de Finn, elle vendra ces photos aux journaux à scandale.

Tout en parlant, Rupert foudroya Finn du regard, lui donnant la chair de poule.

— Finn lui accordera donc cette interview, reprit-il. Il veillera à ce que tu ne sois plus jamais traquée par la presse.

Quinze jours plus tôt, elle aurait pu être d'accord avec Rupert, mais plus aujourd'hui.

— Je n'ai pas honte de ces photos.

— C'est bon, Princesse. Cela ne me dérange pas, l'interview ne prendra pas longtemps.

Il voulait lui accorder l'interview ? Il allait céder à son chantage ?

— Je crois que vous ne m'avez pas bien entendue. J'ai dit que je n'avais pas honte de ces photos.

Finn la fixa durant de longues secondes puis finit par hocher la tête.

— Je n'ai pas honte de ces photos alors, si Mme McGraw n'y voit pas d'inconvénient, je vais les garder.

— Je dispose des fichiers numériques, donc cela ne m'empêchera pas de les rendre publiques.

— Je n'en doute pas un seul instant.

L'alarme de son téléphone retentit.

— Tes dix minutes sont écoulées, Rupert.

— Veux-tu toujours qu'elle parte ?

— Absolument ! Je préfère de loin que ces photos, de belles photos, soient publiées dans les journaux plutôt que de faire du mal à Joachim ou à Finn.

Avec Thomas, elle s'était sentie bête. Avec Finn, elle se sentait… Eh bien, elle se sentait belle.

— Il me semble que Joachim ne mérite pas de devenir la prochaine cible d'un scandale médiatique sans fondement. Malheureusement, nous savons tous que la presse peut déformer les faits quand elle ne dispose pas de preuve.

— Vous vous trompez, se défendit Trixie, j'ai des preuves !

— Alors vendez-les à quelqu'un d'autre parce que vous ne toucherez pas le jackpot, ici.

Le regard noir, Rupert se tourna vers Finn.

— Alors, comme ça, tu refuses de te conduire comme un homme d'honneur ?

Les mots de Rupert lui firent l'effet d'un coup de couteau en plein cœur mais il refusa de baisser les yeux.

— Je ferai ce qu'Audra désire.

Farquard l'avait trahie, il avait failli la briser, il n'allait pas laisser Trixie McGraw lui donner le coup de grâce. Hors de question !

Face aux photos, il l'avait sentie vaciller puis se reprendre, comme si les voir avait soudain réveillé son audace, son courage, alors il soutiendrait sa décision, quelle qu'elle soit.

— Tu m'avais promis de ne pas l'approcher ! lui lança Rupert, le poing levé.

— Vous n'allez tout de même pas vous battre devant une journaliste, cria Audra en s'interposant. D'ailleurs, Rupert, tu t'étais engagé à l'escorter hors des lieux.

— Vous faites une erreur, se défendit Trixie.

— L'erreur, c'est vous ! riposta-t-elle.

À sa grande surprise, Trixie éclata de rire.

— Ta sœur me plaît beaucoup, l'entendit-elle dire tandis que Rupert la conduisait vers la plage.

— Je ne suis pas sûr que ce soit réciproque.

— Je pense que nous devrions rentrer pour discuter, proposa Audra quand son frère revint.

Finn demeura silencieux. Son cœur battait à tout rompre dans sa poitrine. Il avait embrassé Audra, il avait trahi Rupert… Impossible de le nier, les photos étaient là pour le prouver.

Las, il passa une main sur son visage. Il avait détruit l'amitié la plus importante de sa vie. Il ne lui restait plus, maintenant, qu'à assumer ses erreurs.

— Je vous préviens, il est hors de question que vous vous battiez, les mit en garde Audra.

— Ne t'inquiète pas, je ne vais pas me battre, Princesse.

— Moi non plus. Il n'en vaut pas la peine, marmonna Rupert.

Ces mots le touchèrent au plus profond de son âme. Non, il n'en valait pas la peine. Il le savait désormais, il n'avait jamais été digne du sacrifice que Rupert avait fait pour lui. Il n'avait jamais valu les sacrifices qu'il avait toujours rêvés que ses parents fassent pour lui.

Abattu, il soupira. Que faire, maintenant ? Il n'en avait pas la moindre idée. Il était cependant certain d'une chose : son idylle grecque avec Audra était bel et bien terminée.

Cette idée lui donnait envie de rugir de colère et de se battre. Malheureusement, il n'en avait pas le droit.

En fait, il n'avait aucun droit.

— Je pense que nous devrions parler de ce baiser, commença Audra en entrant dans le salon.

Il se laissa tomber dans un fauteuil. À quoi bon en parler ? Il n'avait pas respecté sa promesse, c'était aussi simple que cela, il n'était pas nécessaire de chercher d'autres explications. Il avait tout gâché.

— Je voudrais bien entendre ce que tu as à dire à ce sujet, Minus, répondit Rupert en s'installant sur le canapé.

— Le baiser… n'était pas prévu.

Il la regarda se tordre les doigts de nervosité. Si seulement il pouvait lui prendre les mains, les embrasser et l'apaiser. Savoir qu'il lui avait causé du tort le rendait fou.

*Tu aurais dû y penser avant de l'embrasser !*

Le regard de Rupert se posa sur lui et il baissa les yeux. Il n'avait pas le courage de regarder l'homme à qui il devait tant.

— C'est Finn qui a mis fin au baiser, continua-t-elle. Je voulais continuer, mais Finn s'est retenu parce qu'il t'est redevable.

À ces mots, il perçut un changement subtil dans la posture de Rupert.

— Tu es au courant de cette histoire ? s'étonna celui-ci.

— Oui, et je suis contente que tu aies agi comme tu l'as fait quand tu avais seize ans. C'était très généreux de ta part, mais cela ne diminue en rien ma colère contre toi. Tu n'as aucun droit de t'immiscer dans ma vie amoureuse. Je peux embrasser qui je veux, quand je veux !

Elle avait raison. Le problème, c'était qu'il n'était pas assez bien pour elle. Il le savait, et Rupert le savait aussi.

— Je comprends le baiser, déclara Rupert. Je peux comprendre la spontanéité d'une telle réaction. Je comprends l'attraction, le désir… Rien de tout cela ne m'inquiète, Minus.

Il attrapa les photos qu'elle avait posées sur la table basse et en brandit une.

— Voilà ce qui m'inquiète.

Il observa le cliché. Il s'agissait du deuxième, celui après le baiser. D'accord, il voulait bien l'admettre, leurs yeux brillaient, mais cette photo était innocente.

— Quel est le problème avec cette photo ?

Rupert le foudroya du regard avant de retourner son attention vers sa sœur.

— Es-tu tombée amoureuse de lui ?

À ces mots, tous ses muscles se raidirent. Sa respiration devint plus rapide, plus irrégulière. De quoi diable parlait Rupert ? Pourquoi posait-il cette question à sa sœur ?

— Princesse ?

Il fixa Audra. Son beau visage était fermé, comme si quelque chose en elle était en train de se briser.

— Es-tu tombée amoureuse de Finn ? s'impatienta Rupert.

Elle releva enfin le menton et, la tête haute, regarda son frère droit dans les yeux.

— Oui, je suis tombée amoureuse de Finn, et je ne le regrette pas. Je pense que tu te trompes à son sujet.

À ces mots, il se leva d'un bond.

— Ce n'est pas possible, Audra. Nous en avons parlé ! Je t'ai dit que je n'étais pas prêt à avoir une relation sérieuse.

— Tu l'as dit, en effet, mais je pense que c'est un mensonge. Je pense que tu as juste peur de t'avouer que tu en as envie.

D'accord, il était peut-être disposé à laisser derrière lui ses exploits sportifs, mais cela ne voulait pas dire qu'il voulait se caser.

Même si un profond désir de normalité, de simplicité, l'habitait.

— Ce que tu ressens en ce moment, Audra, n'est que le résultat de ton excitation, de ton impatience à mettre en œuvre tous ces changements dans ta vie et…

Du coin des yeux, il vit Rupert hocher la tête. Il semblait curieux d'entendre ce qu'il avait à dire.

— C'est un effet du romantisme des îles grecques, poursuivit-il.

S'il l'appelait Minus maintenant, il utiliserait son troisième joker et tout serait terminé entre eux. Finalement peut-être était-ce la solution.

Il ouvrit la bouche mais le mot refusa de sortir.

— Ne t'avise pas de me dire ce que je ressens, rétorqua-t-elle en le foudroyant du regard. Je sais exactement ce que j'éprouve. Je t'aime, Finn. Soit tu m'aimes aussi, soit tu ne m'aimes pas, mais je ne te laisserai pas t'en sortir avec des platitudes.

Ses beaux yeux couleur azur se remplirent de larmes et la honte le gagna. Il n'avait jamais voulu lui faire de peine.

— Quand a-t-il commencé à t'appeler Princesse ? demanda soudain Rupert à sa sœur.

Il la vit réfléchir, se repasser, dans sa tête, leurs dernières conversations.

— Après ce baiser…

— Finn ne fait pourtant pas dans la tendresse, d'habitude. Ce n'est pas son genre.

Les mains sur les hanches et le regard déterminé, elle s'approcha de lui.

— Tu devrais peut-être examiner de plus près les raisons pour lesquelles tu as fait tant d'effort pour prendre soin de moi, ces quinze derniers jours.

— Je n'ai pas pris soin de toi !

Ce n'était pas son genre de prendre soin d'une femme.

— Comment appelles-tu cela, alors ? Tu m'as nourrie, tu m'as forcée à faire de l'exercice, tu t'es assuré que je profitais du soleil, que je m'amusais…

— Tu étais trop maigre.

Elle avait besoin de bouger, d'arrêter de se morfondre et faire de l'exercice était un bon moyen de se remonter le moral. Quant au soleil… Ils se trouvaient sur une île grecque, bon sang !

— Tu as lu un livre sur la plage, Finn !

À ces mots, Rupert se redressa brusquement.

— Il a lu un livre ? Finn a lu un livre ?

Oui, il avait lu un livre. Où était le problème ?

— Et c'était avant que tu m'encourages à suivre le chemin qui me rendra heureuse, vraiment heureuse. Tu ne crois pas que le fait que tu aies perçu ce rêve, alors que personne d'autre ne l'avait jamais deviné, est révélateur ?

— C'est juste le résultat de notre proximité forcée.

— Il n'y avait rien de forcé ! En plus, nous avons passé trois jours à nous éviter.

Elle croisa les bras et le regarda droit dans les yeux.

— Et je sais que tu as passé ces trois jours à penser à moi.

Troublé, il fit un pas en arrière.

— Tu as passé ce temps à donner vie à mon rêve, continua-t-elle.

— Tu exagères. Je t'ai juste montré à quoi il pouvait ressembler.

Il voulait juste la convaincre qu'elle pouvait se lancer.

— Pendant que tu en es à analyser les raisons pour lesquelles tu as fait tous ces efforts pour moi, tu devrais peut-être te demander pourquoi tu as tant apprécié que je m'occupe de toi.

— Tu voulais simplement que je reprenne des forces après mon accident.

Elle avait permis à son esprit de rester actif pendant que son corps se rétablissait et reprenait des forces. C'était intelligent de sa part.

— Tu n'as jamais protesté !

Parce qu'il n'avait pas eu l'impression qu'il était lent. Avec Audra, il n'avait jamais l'impression d'aller lentement. Il avait l'impression de… de faire du deltaplane. De voler.

L'émotion lui serra la gorge.

Elle avait dit qu'elle l'aimait…

— Tu as l'intention de t'installer sur l'île. Tu ne crois pas que cela veut dire quelque chose ?

Sa tête se mit soudain à tourner, comme si quelqu'un

venait de lui donner un violent coup de poing dans l'estomac. Puis, comme par magie, la signification de ses actes lui sauta aux yeux. Il l'aimait. Il ignorait à quel moment il était tombé amoureux d'elle, mais il avait bel et bien succombé.

Il jeta un coup d'œil en direction de Rupert. Ce dernier le fixait de ses yeux noirs impénétrables et une vérité froide l'envahit. Rupert savait qu'il n'était pas assez bien pour sa sœur. Rupert savait qu'il ne pouvait pas rendre Audra heureuse. Il savait qu'il la laisserait tomber.

— J'ai une nouvelle question vérité pour toi, Finn, reprit Audra. Est-ce que tu m'aimes ?

Oui, il l'aimait. Il l'aimait plus que la vie elle-même.

Il regarda Rupert puis la regarda à nouveau. Il l'avait aidée à assumer son rêve, il l'avait aidée à trouver le courage de le poursuivre. Ce n'était pas rien. Elle allait mener une vie plus heureuse grâce à lui. Et lui, il…

Il serra les poings avant de se retourner vers Rupert.

— Écoute, je sais que tu penses que je ne suis pas assez bien pour ta petite sœur, et tu as probablement raison, mais tu ne sais pas à quel point elle est étonnante. Si je dois me battre pour elle, je le ferai sans la moindre hésitation.

— Je n'ai jamais dit que tu n'étais pas assez bien pour Audra. Quand t'ai-je rabaissé ou traité comme si tu n'étais pas mon égal ? Jamais ! Tu te sens coupable de m'avoir fait renoncer à ce stupide prix, il y a des années, c'est tout.

Son esprit se mit à tourbillonner dans sa tête. Depuis dix-sept ans, il se sentait en effet coupable car Rupert s'était sacrifié pour lui. Il s'était servi de cette culpabilité pour rester dans le droit chemin, mais cette attitude avait-elle peu à peu faussé ses impressions ?

— Dans ce cas-là, pourquoi m'avoir ordonné de garder mes distances avec elle ?

— Parce que j'ai toujours eu peur que tu ne lui brises le cœur. Et comme tu es tellement déterminé à éviter tout engagement… Le fait est que je n'avais jamais imaginé qu'Audra puisse, elle aussi, te briser le cœur.

Abasourdi, il demeura silencieux. Que pouvait-il dire ? Il sentait le poids du regard d'Audra sur lui, mais il n'était pas prêt à se retourner pour le rencontrer.

— Tu m'as sauvé la vie, Rupert, mais c'est Audra qui m'a fait comprendre de quelle manière je dois vivre cette vie.

— Je suis désolé, je n'aurais jamais dû me mêler de votre relation. J'espère que vous pourrez me pardonner.

Il se tourna vers sa sœur avant de poursuivre.

— Tu as raison d'être furieuse contre moi. C'est juste que…

— Tu as pris l'habitude de veiller sur moi, je le sais. Mais je suis capable de me défendre toute seule, aujourd'hui.

— C'est vrai. Et pour te le prouver, je vais m'éclipser.

— Ce serait gentil.

Il déposa un baiser sur le front de sa sœur.

— Je reviendrai demain…

Rupert parti, Finn se tourna vers Audra. Elle le regardait fixement.

— Tu n'as pas encore répondu à ma question.

— Toute ma vie, j'ai pensé que je n'étais pas digne d'avoir une famille, que je ne méritais pas le sacrifice que Rupert avait fait pour moi, autrefois. Je comprends aujourd'hui que mes parents m'ont laissé avec un sacré poids sur les épaules, et un immense complexe d'infériorité. Tous mes défis sportifs n'étaient qu'une façon d'essayer de me sentir bien dans ma peau. Cela a fonctionné un moment, jusqu'à ce que je commence à en vouloir plus.

— Plus, à quel point ?

Il prit son visage en coupe avant de répondre.

— Beaucoup plus. Grâce à toi, Princesse, j'ai compris que je pouvais tout avoir.

— Bien sûr que tu peux tout avoir.

— Alors je veux tout, Audra. Ici, à Kyanós, avec toi.

Il se mit à genoux devant elle et elle poussa un petit cri.

— Je t'aime, Princesse.

Déterminé à lui prouver à quel point il était sincère, il la regarda droit dans les yeux.

— Je ne savais pas que je pouvais aimer quelqu'un autant que je t'aime. Le reste n'a pas d'importance. Si l'idée d'une école de deltaplane te déplaît, je trouverai une autre activité. Si tu préfères vivre au village plutôt que sur le terrain que je vais acheter, aucun problème. Je ferai tous les sacrifices nécessaires pour te rendre heureuse.

Il prit ses mains dans les siennes et les embrassa avant de reprendre.

— Je suis désolé d'avoir mis si longtemps à comprendre. Mais je sais aujourd'hui que je ne suis pas mon père, je ne suis pas ma mère non plus. Je suis responsable de ma propre vie. Une vie que je veux partager avec toi, si tu me le permets. Audra Russel, me feras-tu le grand honneur de m'épouser et de devenir ma femme ?

Il se tut enfin et retint son souffle, impatient, anxieux. Elle avait dit qu'elle l'aimait mais peut-être avait-il été trop rapide.

Pour toute réponse, elle se mit à son tour à genoux devant lui, prit son visage dans ses mains et l'attira jusqu'au sien. La chaleur et le désir l'envahirent instantanément, se répandant partout en lui.

— J'adore ton rêve, Finn. Et je t'aime.

À ces mots, son cœur explosa dans son torse.

— Tu ne regretteras pas cette décision, je te le promets. Je vais passer le reste de ma vie à te rendre heureuse.

— En attendant, peux-tu m'emmener sur ton terrain ?

— Quoi ? Tout de suite ?

Il la regarda se mordre la lèvre. Elle craignait qu'il dise non ? Elle n'avait pourtant aucune raison de s'inquiéter.

À partir d'aujourd'hui, il avait l'intention de réaliser tous ses désirs.

Audra fixa la vue étonnante qui s'étendait devant eux, puis l'homme qui se tenait à côté d'elle. Un homme qu'elle aimait de tout son cœur.

— Accepterais-tu de m'apprendre à faire du deltaplane ?

— Avec grand plaisir.

Elle le regarda fixement et, comme par magie, tout l'amour qu'elle ressentait pour lui explosa en elle et se répandit dans son corps comme un tsunami de chaleur. Quel bonheur de ne plus avoir à cacher ses sentiments !

— Dis-moi ce que tu désires, Audra.

— Toi, murmura-t-elle en croisant son regard. Je veux que notre première fois ait lieu ici. Cet après-midi.

Il leva une main pour ouvrir le bouton de son chemisier mais elle secoua la tête et le stoppa net.

— Plus de baisers dehors, s'il te plaît. J'ai trop peur que Trixie ne soit tapie quelque part par ici. Et un jeu de photos en circulation suffit !

Il éclata de rire.

— Pourquoi ne me parles-tu pas plutôt de tes plans pour notre maison ?

Il esquissa un sourire qui attisa son désir avant de glisser un bras autour de sa taille tandis qu'ils prenaient la direction d'une des dépendances.

— J'espère que tu n'as rien à faire pendant les prochaines heures, car mes projets sont grandioses.

Lorsqu'ils atteignirent le seuil de ce qui ressemblait à une grange, il la prit dans ses bras.

— Bienvenue à la maison, Princesse !

Son cœur battant à tout rompre dans sa poitrine, elle enroula ses bras autour de son cou. En fait, sa maison, c'était lui.

— C'est une belle maison, Finn. La plus belle.

Il posa ses lèvres sensuelles sur les siennes et elle accueillit son baiser avec toute la passion qu'elle ressentait pour lui, tout son amour. Le moment était venu de commencer le reste de leur vie.

# Épilogue

— Allez ! Allez, *Paidi mou* !

Audra éclata de rire quand Maria la poussa en direction de Finn, qui attendait un peu plus haut, sur la place du village remplie de vacanciers et de vendeurs heureux.

— Ton mari veut passer un peu de temps avec sa belle épouse, ajouta Angelo, un large sourire aux lèvres. Va donc le retrouver et réjouis-toi du travail que tu as accompli ces trois derniers jours.

— Du travail que *nous* avons accompli, corrigea-t-elle.

Elle embrassa affectueusement le couple âgé qui leur était devenu si cher, depuis qu'ils s'étaient installés sur l'île, quatorze mois plus tôt.

Finn la rejoignit et lui prit la main. Comme toujours, ce geste alluma des étincelles partout en elle et une vague de bonheur intense la submergea.

— Oblige-la à lever le pied, ordonna Maria à Finn.

Son mari salua la vieille femme avant de glisser un bras sur son épaule et de l'entraîner vers le port. Elle s'appuya contre lui, savourant sa force, sa chaleur. Ils étaient mariés depuis huit mois, mais parfois, elle devait se pincer pour vérifier qu'elle ne rêvait pas.

— On dirait que le festival s'est bien passé.

— Ce festival a même connu un succès retentissant, Princesse ! C'est l'événement de l'année à Kyanós.

— Pour moi, l'événement de l'année était notre mariage.

Ils s'étaient en effet mariés ici sur l'île, dans la petite église du village.

— Le deuxième plus grand événement de l'année, alors.

Ils trouvèrent une table libre à la taverne de Thea Laskari, sur le port, et s'y installèrent.

— J'ai promis à Thea que tu viendrais manger son fameux *kataifi*.

À peine étaient-ils assis qu'une part de gâteau aux noix apparut devant eux.

— Cadeau de la maison, leur lança Ami, la serveuse. Thea insiste. Si nous n'étions pas si occupés, elle serait elle-même ici à dire à tout le monde combien le festival a été fabuleux pour les affaires.

— Tout le monde a travaillé dur, et ce travail a été récompensé.

Elle fit un geste en direction de la rue principale, décorée de bannières multicolores, et la fierté l'envahit. Ils avaient réussi !

— Tu as fait un travail extraordinaire, la félicita Finn avant de porter sa main à ses lèvres et de l'embrasser.

Comme par magie, son sang se mit instantanément à rugir dans ses veines.

— Tu es incroyable, tu sais ça ? Je t'aime de tout mon cœur, Audra Sullivan.

L'émotion qu'elle percevait dans son regard, et dans sa voix, lui donna la chair de poule. Elle cligna des yeux pour retenir les larmes qui menaçaient de tomber.

— Je t'aime moi aussi, Finn Sullivan.

C'était le moment idéal pour lui annoncer sa nouvelle.

Décidée, elle ouvrit la bouche, mais il se mit à parler avant qu'elle ait le temps de prononcer le moindre mot.

— J'ai discuté avec Rupert, tout à l'heure.

À voir ses hésitations, elle devinait que Rupert lui avait donné des nouvelles de son procès contre Thomas Farquard.

— Quant à moi, j'ai eu une conversation avec Trixie.

— Je n'arrive toujours pas à croire que tu sois devenue la meilleure amie d'une journaliste.

— Je crois que c'est plutôt Rupert, son meilleur ami. Enfin, peu importe. Elle m'a annoncé que l'entreprise pharmaceutique pour laquelle travaillait Thomas avait payé une somme exorbitante pour un arrangement à l'amiable.

— Te connaissant, tu vas reverser cet argent à une association.

— Évidemment. Je pense que Thomas et ses copains y réfléchiront maintenant à deux fois avant de se lancer dans une nouvelle tentative d'espionnage industriel.

Ils mangèrent et burent en silence pendant un moment.

— Tout le monde est attendu chez Rupert pour un dîner de fête ce soir, reprit Finn.

— Très bien.

Elle avait envie de partager sa nouvelle avec tous, ce soir. Avant, elle devait juste l'annoncer à Finn.

— Tu ne regrettes pas d'avoir déménagé à Kyanós ?

— Pas une seule fois je ne l'ai regretté. Pourquoi ?

— Je voulais juste m'assurer que le rythme effréné de ton ancienne vie ne te manquait pas.

— Pas du tout. Je t'ai toi, murmura-t-il, un sourire taquin aux lèvres. Et je peux faire du deltaplane. D'ailleurs, nous pourrions nous éclipser pour continuer ton entraînement maintenant, si tu veux.

Elle aimerait bien, mais… Son pouls s'emballa.

— J'ai peur de devoir interrompre mon entraînement pendant quelque temps.

— Pourquoi ? Tu aimes le deltaplane, n'est-ce pas ? Tu n'en fais pas simplement pour me faire plaisir ?

— J'adore le deltaplane.

Elle agrippa sa main et lui lança un large sourire avant de reprendre.

— Malheureusement, je vais devoir être prudente pendant les neuf prochains mois.

Il la regarda fixement et elle vit le moment exact où il comprit la signification de ses mots. Sa bouche s'ouvrit et il demeura interdit.

— Nous… Nous allons avoir un bébé ?

Elle étudia son visage à la recherche d'un signe d'incertitude, de consternation ou de désarroi. Au lieu de cela, elle ne voyait qu'amour et joie. Une joie identique à la sienne.

— Nous allons avoir un bébé, Princesse ?

Trop émue pour parler, elle répondit d'un simple signe de tête.

Il l'attira sur ses genoux et elle se lova contre sa chaleur.

— C'est étonnant, n'est-ce pas ?

— C'est excitant. Je ne sais pas si je mérite…

— Tu mérites tout ce bonheur, Finn Sullivan, ne l'oublie jamais.

Puis elle attira son visage vers le sien et l'embrassa avec passion.

— Ils se marièrent, vécurent heureux et eurent beaucoup d'enfants, chuchota-t-elle lorsqu'elle rompit le baiser pour reprendre son souffle.

— Ce programme me convient parfaitement.

Et à elle aussi.

Retrouvez prochainement, dans votre collection

AZUR

**Amoureuse d'un roi, de Maisey Yates - N°4367**

Parce qu'elle a grandi au royaume de Liri, Tinley a le sens du devoir. Pourtant, le jour où le roi Alexius de Prospero se met en tête de lui trouver un époux convenable, pour honorer une promesse faite à son père, elle est désespérée. Certes, si elle n'est pas mariée avant son vingt-troisième anniversaire, elle devra renoncer à son héritage. Mais comment pourrait-elle se résoudre à une union de convenance avec un inconnu quand, depuis toujours, elle brûle de désir pour Alexius ?

**Danse avec un cheikh, de Clare Connelly- N°4368**

Un vent de rébellion souffle en Johara. Pour quelques heures, elle veut tout oublier : son statut de princesse, ses responsabilités et le mariage auquel elle doit se soumettre pour assurer la paix dans la région… C'est à l'occasion d'un bal que sa vie bascule, entre les bras d'un sublime inconnu. Après la nuit torride qui les unit, Johara découvre en effet avec stupeur que son amant mystérieux n'est autre que le cheikh Amir d'Ishkana, qui voue une haine farouche à sa famille. Dès lors, Johara n'a d'autre choix que de conclure une alliance avec son ennemi et, pour cela, de le suivre dans son palais du désert…

**Inoubliable promesse, de Kali Anthony - N°4369**

*Elle a rompu sa promesse, il ne le lui a jamais pardonné.* Autrefois, Eve et Gage se sont follement aimés, malgré la haine qui opposait leurs familles respectives. Pourtant, la nuit où tous deux avaient convenu de fuir pour se marier en secret, Eve est restée. Pire, soumise à un odieux chantage de la part de son père, elle a dû rejeter l'homme de sa vie… Depuis, leurs sociétés se livrent une guerre impitoyable, nourrie par le ressentiment de Gage. Et s'il a demandé à la revoir, sept ans après leur séparation dramatique, c'est pour lui annoncer qu'il a gagné la bataille. Eve perdra tout, à moins qu'elle ne répare ce qu'elle a autrefois brisé… en l'épousant !

**L'épouse de Leon Petrakis, de Dani Collins - N°4370**

Une liaison passionnée, un mariage éclair – puis la rupture, inévitable. Cinq ans plus tôt, Leon Petrakis est sorti de la vie de Tanja aussi vite qu'il y était entré, lui brisant le cœur au passage. Si depuis lors son époux ne lui a donné aucune nouvelle, il débarque soudain sur l'île d'Istuval, à son grand soulagement, pour la tirer de la situation périlleuse dans laquelle elle se trouve. À présent qu'ils sont réunis, Tanja exige de Leon qu'il joue enfin auprès d'elle son rôle de mari, du moins officiellement. Car, si le côtoyer de nouveau est une perspective qui la bouleverse, c'est à ce prix seulement qu'elle pourra adopter le bébé qu'elle aime déjà plus que tout au monde…

**Une dangereuse héritière, de Maya Blake - N°4371**

Parce qu'il est le dernier des Fiorenti, Maceo a une responsabilité : faire prospérer l'empire familial bâti par ses aînés dans le secteur de la confiserie. Hélas, alors que Casa di Fiorenti aurait dû lui revenir exclusivement, il découvre qu'une part de la société appartient désormais à Faye Bishop, une parfaite inconnue. Quelle est cette héritière qui menace brusquement ce à quoi il a consacré toute sa vie ? Déterminé à le découvrir, Maceo la convoque dans sa villa de Capri. Or cette rencontre ne fait qu'attiser sa méfiance. Car sous les dehors innocents de la belle, il en est sûr, se cache une croqueuse de diamants…

**Fiancée à un milliardaire écossais, de Louise Fuller - N°4372**

Rompre ses fiançailles avec Farlan Wilder est la décision la plus difficile que Lady Antonia ait jamais prise. Si elle a dû suivre les injonctions de sa famille, sa rupture avec le bel Écossais a laissé un grand vide en elle. Aussi, quand elle revoit Farlan après sept années de regrets et de solitude, Antonia se sent revivre. Hélas, s'il est de retour à Lamington Hall, le manoir familial, ce n'est pas pour renouer avec elle mais pour lui rappeler sa trahison. Plus encore, Farlan est là pour assouvir sa vengeance…

**Rencontre au palais, de Jessica Gilmore - N°4373**

Emilia retient son souffle tandis qu'elle découvre le palais royal d'Armaria. Le bal d'été qu'elle est chargée d'organiser au château restera dans les annales, c'est certain ! Aussitôt, elle se met à l'ouvrage, résolue à se montrer à la hauteur de l'événement. Lorsqu'elle rencontre un bel inconnu dans les jardins secrets, elle croit vivre un conte de fées. Se pourrait-il qu'elle ait trouvé l'amour dans ce lieu enchanteur ? Rien n'est moins sûr, car celui qui a fait chavirer son cœur n'est autre que Laurent, le souverain d'Armaria. Un homme qui lui sera à jamais inaccessible…

**Ce patron si secret, de Susan Meier - N°4374**

SÉRIE : *LES MILLIARDAIRES DE MANHATTAN* - 3/3

La vie de Danny Manelli ne sera plus jamais la même. Il vient de découvrir qu'il est l'un des héritiers d'un milliardaire mais surtout, qu'il a un fils de deux ans ! Parce qu'il ne connaît rien aux enfants, Danny s'empresse de recruter une nourrice, en la personne de Marnie Olsen. Si la jeune femme se révèle parfaite auprès du petit garçon, elle est bientôt source d'inquiétude pour Danny. En effet, le désir qui le pousse vers elle est aussi intense que malvenu. Et puis, il a l'impression que Marnie lui dissimule un secret…

**Liaison à Saint-Pétersbourg, d'Abby Green - N°4375**

SÉRIE : *LA DYNASTIE MARCHETTI* - 2/3

Un inconnu d'une beauté à couper le souffle. Sans réfléchir, Zoe saisit son appareil pour le prendre en photo. Un bien mauvais réflexe, car l'Apollon se révèle être Maks Marchetti. Un homme d'affaires qui, poursuivi depuis toujours par les paparazzis, tient à tout prix à préserver sa vie privée. Malgré leur rencontre houleuse, Zoe et Maks sont immédiatement liés par un désir intense et entament une liaison dont ils savent qu'elle sera éphémère. Seulement, à mesure que Zoe passe du temps dans les bras de son amant, à Saint-Pétersbourg ou Venise, elle sent poindre en elle des sentiments interdits…

**La tentation d'une innocente, de Jackie Ashenden - N°4376**

SÉRIE : *LA COURONNE D'AXIOS* - 2/2

Avec humilité, Anna pénètre dans le palais royal d'Axios, une forteresse médiévale nichée au pied des montagnes. Et dire que c'est dans ce lieu grandiose et chargé d'histoire qu'elle vivra, avant d'entrer dans les ordres ! Pour une raison qu'elle ne s'explique pas, elle a en effet été recommandée par la mère supérieure auprès du roi lui-même pour être la préceptrice de la princesse sa fille. Est-elle seulement qualifiée pour le poste ? Les doutes d'Anna grandissent encore lorsqu'elle fait la rencontre du souverain. Car Adonis Nikolaides éveille aussitôt en elle un trouble inédit, intense… et interdit.

**Une exquise vengeance, de Tara Pammi - N°4377**

Le plan de Riya est simple : faire croire à Nathaniel Keys qu'elle s'apprête à vendre le manoir familial pour l'obliger à revenir au domaine et faire la paix avec son père. Elle ne supporte plus de voir le vieil homme, qui l'a élevée comme sa propre fille, souffrir de l'absence de son fils unique. Ce qu'elle n'avait pas prévu, c'est que l'adolescent d'autrefois se serait mué en homme impitoyable. Un homme qui, furieux d'avoir été piégé, a pris le contrôle de l'entreprise qu'elle a créée et menace aujourd'hui de licencier tous ses employés. Malgré elle, Riya doit se rendre à l'évidence : elle est à la merci de Nathaniel. Et, à en juger par la lueur prédatrice qui brille dans son beau regard azur, elle devine qu'il entend profiter pleinement de sa vengeance…